KB261585

그래도,
잘 살았습니다

그래도,
잘 살았습니다

초판 1쇄 인쇄 | 2013년 12월 20일
초판 1쇄 발행 | 2013년 12월 26일

지은이 | 이 인
펴낸이 | 박영욱
펴낸곳 | 북오션

경영총괄 | 정희숙
외주스텝 | 이상모
편집 | 임은희 · 이준호
마케팅 | 최석진 · 김태훈
표지 및 본문 디자인 | 서정희
법률자문 | 법무법인 광평 안성용 변호사

주 소 | 서울시 마포구 서교동 468-2번지
이메일 | bookrose@naver.com
페이스북 | bookocean
전 화 | 편집문의 : 02-325-5352   영업문의 : 02-322-6709
팩 스 | 02-3143-3964

출판신고번호 | 제313-2007-000197호

ISBN 978-89-6799-030-5 (03810)

*이 도서의 국립중앙도서관 출판시도서목록(CIP)은 e-CIP홈페이지(http://www.nl.go.kr/ecip)
 와 국가자료공동목록시스템(http://www.nl.go.kr/kolisnet)에서 이용하실 수 있습니다.
 (CIP제어번호 : CIP2013025776)

그래도,
잘 살았습니다

북오션

하늘에서 온 편지

먼저 가신 당신에게

왜 가실 것을 뻔히 알면서도 우리는 뒤늦게야 후회를 할까요? '나' 라는 사람의 깨달음은 왜 언제나 한 발짝 늦게 찾아오는 걸까요?

당신이 떠난 후 마음속 우물은 너무나 깊어져서 바다에서 커다란 흰수염고래를 잡아와서 넣어도 채워지지 않습니다.

하지만 당신이여 절대, 나를 돌아보거나 걱정하지 마세요.

당신이 나에게 준 사랑은 이미 거대하여 더 이상 받을 수 없습니다. 편히 그곳에서 당신을 위해 지내세요. 나 또한 더 이상의 후회를 하지 않으려, 이곳의 사람들을 사랑하겠습니다.

당신이 떠난 이 세상은 조금 덜 아름답겠지만, 남아 있는 아름다움을 찾겠습니다.

당신이 알려주신 삶의 소중함을 절대 잃어버리지 않겠습니다.

당신이 떠나면서 남겨준 지혜는 지금도 내 곁에 고스란히 남아 있습니다. 당신의 지혜를 내 다음에 살아갈 사람을 위해

흠집 하나 내지 않고 물려주겠습니다.

이 모든 것은 당신의 덕입니다.

나를 있게 해주신 당신, 그곳에는 이곳에서 행복이라고 하는 것보다 더욱 큰 행복이 있을 테니 그것을 누리시기 바랍니다.

간혹, 그리움으로 나타나 저를 미소 짓게 만드는 짓궂은 장난은 달게 받겠습니다.

이 편지 읽으시면 하늘에 구름을 띄워 주세요.

나는 그 구름에게 인사하겠습니다.

그럼 이만 삶으로 돌아가겠습니다.
다시 만날 그날까지 안녕히.

차례

하늘에서 온 편지 4

1부 | 삶의 맛

1장_ 단맛
육개장 13 | 어머니의 설탕 20 | 홍삼 캔디 26 | 하늘 34

2장_ 신맛
쫄면 41 | 식초의 세계 48 | 막걸리 식초 55 | 신 김치 조리법 62

3장_ 쓴맛
커피 69 | 밥을 태웠네 76 | 소주는 달다 82

4장_ 짠맛
소금이 필요해 91 | 라면에 스프 넣기 97 | 짜지 않은 간장
게장 106

5장_ 감칠맛
감칠맛도 맛인가 117

2부 | 죽음의 장

6장_ 죽음
휴일 131 | 살아 있는 사람을 위한 축제 137 | 머나먼 여행 146

7징_ 축제
선물 155 | 다시 한 번 예 163 | 즐겨요 172

부록 | 상례와 제례

삼우제 178 | 49제 179 | 탈상 179 | 조기탈상 179 | 축문 쓰는 법 180

육개장

어머니의 설탕

홍삼 캔디

하늘

쫄면

식초의 세계

막걸리 식초

신 김치 조리법

커피

밥을 태웠네

소주는 달다

소금이 필요해

라면에 스프 넣기

짜지 않은 간장게장

감칠맛도 맛인가

1부

삶의 맛

1장

단맛

육개장

인생을 이야기한다고 해놓고 육개장 이야기부터 시작하는 게 왠지 뜬금없게 느껴질지도 모르겠습니다. 하지만 이 이야기가 시작된 계기가 육개장이니 건너뛸 수는 없는 노릇이지요.

이 글을 쓰고 있는 본인은 직업이 직업이다 보니 상갓집을 많이 보게 됩니다. 아니 직장 자체가 상갓집이나 다름이 없습니다. 하지만 아무리 많은 상갓집을 보았다고 하더라도 그 분위기에 덤덤해지기는 쉽지 않습니다. 그 안에서 애달픈 곡소리라도 나면 두 손을 모으고 같이 고인에 대한 명복을 빌게 됩니다. 요즘에는 소리 높여 곡을 하는 집이 별로 없지만, 곡소리 여부에 상관없이 상갓집 혹은 장례식장은 그 자체로 분위기가 무겁습니다.

그렇게 무거운 분위기 속에서도 조문객이 오면 상주는 뜨끈한 국 한 그릇을 대접합니다. 바로 육개장이지요. 조문객들은 상에 둘러앉아 일부러 객쩍은 농담을 하며 육개장 국물에 소주 한 잔을 들이키는 것으로 예를 대신합니다.

원래 상갓집에서는 잡귀를 쫓는다는 의미로 붉은 팥죽을 내놓는 것이 전통이었는데 어느 순간 붉은 육개장으로 바뀌었습니다. 붉은색이 귀신을 쫓는다는 의미도 있겠지만 아마도 실용적인 목적에서 육개장을 대접하지 않나 하는 생각을 해봅니다. 육개장에 들어가는 소고기, 무, 고사리 등은 모두 제사상에 올라가는 식재료입니다. 망자를 위한 제사상을 준비하면서 살아 있는 자를 위한 음식도 동시에 준비하는 게 경황이 없는 상갓집에서는 편했을 것입니다.

아뭏든 망자가 이 세상을 떠나며 살아 있는 사람들에게 마지막으로 대접하는 음식이 육개장이란 게 참 재미있습니다. 마치 살아 있을 때 인생의 맛을 골고루 느껴보라고 하는 것 같습니다.

육개장을 한 수저 떠서 그 맛을 음미해봅니다. 제일 처음 입 안을 자극하는 맛은 매운맛입니다. 매운맛은 모두가 알다

"인생의 첫 맛은 고통으로 기억되지만,
고통은 휘발성일 뿐이다"

시피 맛이 아니라 자극입니다. 보통 삶을 돌아볼 때 인생의 진정한 맛보다는 어려웠던 일들이 먼저 떠오릅니다. 그러나 여간한 매운맛이 아니면 두 수저쯤 떠서 먹을 때는 그 맛을 잊게 됩니다. 다시 말해 여간한 고통이 아니면 인생의 참맛으로 그것을 다 덮어버릴 수 있다는 뜻이 담겨 있는, 오묘한 진리겠지요. 고통이란 매운맛과 마찬가지로 휘발성입니다.

다음으로 짭짤한 맛이 느껴집니다. 사실 음식의 맛을 좌우하는 것은 이 짭짤한 맛입니다. 육개장은 밥을 말아먹어도, 술안주로 한 수저씩 떠먹기에도 적절해야 하기 때문에 간을 맞추기가 쉽지 않습니다. 설렁탕은 먹는 사람이 알아서 간을 맞추고, 갈비탕은 양념이 따로 나오는 데 비해 육개장은 만드는 사람이 맛의 균형을 잡아야 합니다.

평론가에게 극찬을 받은 어느 요리사에게 한 기자가 그 맛의 비결을 질문했습니다. 그러자 요리사는 대답했죠.

"제 요리의 비결은 소금입니다."

뭔가 대단한 비밀이 숨어 있을 줄 알았던 기자는 실망했겠습니다만 당연한 이야기였습니다. 그만큼 간이 중요하다는 말이겠죠. 짠맛은 그만큼 중요한 맛이기에 그 정도를 조절할 때는 경험이 매우 중요합니다. 예로부터 집 음식의 간을 보는 역할은 부엌을 관장하는 가장 큰 어른이 맡았습니다. 젊은 며느리가 들어오면 가장 먼저 보여주는 것이 그 집안의 장독대였습니다. 짠맛은 경험의 맛, 즉 노년의 맛입니다.

국물을 몇 번 떠먹다가 젓가락으로 육개장의 건더기를 들어봅니다. 잘게 찢은 소고기와 고사리가 가장 많이 젓가락에 걸려 나옵니다. 한 입 넣고 씹으면 고사리의 쌉싸름한 맛이 입 안에 퍼집니다. 아이들에게 육개장을 주면 주로 골라내는 게 이 고사리죠. 아직 아이들은 고사리의 쌉싸름한 맛을 즐길 줄 모릅니다. 쓴맛을 즐길 줄 알아야 비로소 어른이 된다고 합니다. 그래서 쓴맛은 중년의 맛입니다.

그리고 이상하게도 어느 육개장은 약간 시큼한 맛이 감돕니다. 처음에는 더위 때문에 쉰 것인 줄 알고 식당 주인에게 따지기도 했습니다. 알고 보니 육개장에서 시큼한 맛이 나는 이유는 파 때문이더군요. 파를 익히지 않고 바로 요리에 넣어서 오래 끓이면 신맛이 난다고 합니다. 그 이야기를 듣고 먹어보니 그 신맛이 오묘하게 개운한 느낌을 주었습니다. 홍어탕이나 태국의 전통 요리인 똠양꿍에서 느껴지는 만큼의 강한 신맛은 아니었지만, 그런 요리에서 개운함을 느끼게 해주는 요소로 신맛을 사용하듯이 말이죠. 사실 우리나라 음식 중에, 특히 더운 음식 중에 신맛을 내는 음식은 흔하지 않습니다. 약간의 거부감이 드는 것도 사실입니다. 그래서 음식을 잘하는 집은 파를 볶은 후에 육개장에 넣어서 신맛을 없앱니다.

매력적이기는 하지만 반대와도 거칠게 부딪쳐야 하는 맛이 바로 신맛입니다. 그래서 신맛은 청춘의 맛이기도 합니다.

육개장에 이런 여러 가지 맛이 섞여 있음에도 불구하고 모든 이가 좋아하는 음식인 이유는 이 모든 맛을 조화롭게 해주는 단맛에 있습니다. 각종 채소에서 우러나오는 단맛과 요리사에 따라 조금 첨가하는 약간의 설탕맛. 모두가 환영하는 단맛이 섞여 있기 때문에 육개장은 만인의 음식이 된 것이지요. 이렇듯 모두에게 기쁨을 주는 단맛은 유년의 맛입니다. 구김살 없이 언제나 즐겁기 때문이지요.

육개장 한 그릇을 뚝딱 비우고 나면 입 안 전체를 관통하는 뭔가 뒷맛이 남습니다. 약간 아린 듯도 하고 혀의 미뢰를 싸고도는 단맛 같은 맛. 뭐라고 표현할 수는 없지만 맛의 잔상이 남는 그런 맛. 보통 이런 맛을 감칠맛이라고 합니다. 딱히 설명할 수는 없지만 분명히 존재하기에 감칠맛은 마치 우리 인생과 같습니다. 그래서 감칠맛은 인생의 맛입니다. 어느 누

구의 인생도 딱 한 가지 의미로 정의할 수 없지만 그 인생에
의미가 분명히 들어 있기 때문입니다.

　요리사도 아니고 미식가도 아닌 제가 육개장 한 그릇을 먹
고 인생을 떠올린다고 하니 '오버'한다고 할 분도 계실지 모
르겠지만, 박찬일 셰프의 말처럼 '추억의 절반은 맛' 아니겠
습니까?

어머니의 설탕

어렸을 때 전 이유도 없이 열이 자주 오르곤 했습니다. 감기몸살이었을 수도 있고 편도선이 부어서였을 수도 있습니다. 어쨌든 열이 오르면 어머니는 근처 약국으로 뛰어가서 약을 지어오셨습니다. 지금은 병을 처방하고 약을 조제할 수 있는 권한이 의사에게밖에 없지만 당시 동네 약국은 작은 병원이나 마찬가지였습니다. 병원에 가기 부담스러워하는 사람들이 약사에게 병의 증상을 이야기하면 약사는 그에 맞는 약을 조제해주었습니다.

그런데 약을 조제할 때 약제실 안을 들여다보면 여러 약을 작은 약절구에 넣고 빻아서 가루약을 만듭니다. 설탕으로 약을 둘러싼 당백정은 맛도 달달하고 물과 함께 꿀꺽 삼키면 되니까 먹기에 별로 어렵지 않습니다. 그나마 캡슐에라도 들어 있으면 두 눈 질끈 감고 꿀꺽 삼키기라도 했습니다. 그런데 어린 제게 가루약은 보통 곤란한 게 아니었습니다. 여러 약이 혼합된 쓰디쓴 그 맛은 물론이거니와 미세한 가루로 되어 있어서 입 안에서 날리면 기침도 나고 쓴맛이 더욱 강하게 느껴졌습니다. 차라리 몸이 아프면 아팠지 가루약을 먹기는 정말 싫었습니다.

그러면 나는 입을 앙다물고 절대로 벌리지 않았습니다. 그러면 어머니는 물을 한 수저 떠서 가루약을 잘 개서 먹기 좋게 만들었습니다. 그 쓴맛만큼은 어쩔 수 없다 하더라도 한입에 꿀떡 삼키기 좋게 만든 것입니다. 그와 함께 어머니는 항상 설탕물을 준비해 주셨습니다.

"코 막고 얼른 꿀떡 삼키고 나서 이 설탕물 마셔라."

한 손에는 약이 든 숟가락, 한 손에는 설탕물이 담긴 대접을 들고 그렇게 말씀하셨습니다.

그 정도가 되어야 자리에서 일어나 약을 먹고 쓴맛이 입에 돌기 전에 얼른 설탕물을 받아 마셨습니다. 그러면 쓴맛은 사라지고 순수한 단맛이 입 안 전체에 맴돕니다. 의사들은 약을

순수한 단맛은 순수한 사랑 같은
어머니의 맛이런가?

먹을 때 물 이외에 다른 음료수 등과 먹으면 약효가 떨어진다고 하지만, 어머니는 그렇게라도 약을 먹이고 싶으셨을 겁니다.

음료수 같은 게 귀했던 그 시절 설탕물은 그렇게 맛이 있었습니다. 어머니는 약을 먹을 때 이외에는 그리 쉽게 설탕을 주지 않으셨습니다. 어머니가 없을 때 몰래 부엌에서 찻수저로 한 숟가락씩 설탕을 입에 넣고 녹여 먹으면 정말 행복했습니다. 단맛을 먹으면 기분을 좋게 만드는 세르토닌이라는 물질이 분비된다고 하는데 정말 그런 것 같았습니다.

불러도 불러도 그리운 이름이 어머니라고 하죠. 또 아버지란 말도 마찬가지입니다.

…

이윽고 눈 속을
아버지가 약을 가지고 돌아오셨다

아, 아버지가 눈을 헤치고 따오신
그 붉은 산수유 열매

난 한 마리 어린 짐승
젊은 아버지의 서느런 옷자락에
열로 상기된 볼을 말없이 부비는 것이었다

…

서러운 서른 살, 나의 이마에
불현듯 아버지의 서느런 옷자락을 느끼는 것은,

눈 속에 따오신 산수유 붉은 알알이
아직도 내 혈액 속에 녹아 흐르는 까닭일까

김종길 시인의 시, '성탄제'의 일부입니다. 이제 어른이 된 시인이 산수유 열매를 통해 아버지를 그리워하는 내용의 아름다운 시입니다. 시인은 아마도 어디서든지 산수유 열매를 보면 아버지가 생각날 것입니다.

나는 하얀 설탕을 보면 어머니가 생각납니다. 부르고 또 불러도 그리운 이름 어머니. 어렸을 때는 부르고 또 불렀음에도 그리운 줄 몰랐던 이름 어머니.

그래서 어머니란 단어는 나에게 그렇게 달콤한 것인지도
모르겠습니다. 오로지 순수한 단맛의 결정체인 설탕같이 말
이죠.

홍삼 캔디

　병원 창문을 통해 햇빛이 밝게 들어오는 초가을. 병원 입구로 한 할머니가 네다섯 살쯤 된 아이의 손을 잡고 들오는 게 보입니다. 아마도 손자인 듯합니다. 부모가 맞벌이를 많이 하는 요즘에는 손자를 데리고 다니는 할머니의 모습을 자주 볼 수 있습니다. 아마도 독감 예방주사를 맞으려고 온 듯합니다. 최근 독감이 유행이라서 아이들을 데리고 온 사람들 대부분은 독감 예방주사를 맞으니까요. 아직 아이는 아무것도 모르는 듯 싱글벙글입니다. 앞으로 어떤 일이 닥칠지 눈치채지 못한 것 같습니다. 사실 전 병원 냄새가 싫습니다. 정확히 말하자면 알코올 냄새가 싫습니다. 주사실에 가면 소독용 알코올 냄새가 항상 풍기는데 그 냄새만 맡으면 어른이 된 지금도 슬금슬금 공포가 느껴집니다. 파브르의 개가 종만 울려도 먹을 것을 주는 줄 알고 침을 흘리듯이, 알코올 냄새만 맡으면 자동으로 겁을 내는지도 모르겠습니다.

대부분 아이들은 주사에 대해서 본능적인 공포를 가지고 있습니다. 저렇게 싱글벙글 웃다가도 주삿바늘을 보는 순간에 주체할 수 없는 울음을 터트리기 마련이죠. 아이의 일그러진 얼굴을 생각하니 악취미처럼 공연히 웃음이 나옵니다. 아이는 우는 얼굴로도 사람을 웃게 만드는 존재인 듯하다는 생각을 하고 있는데 아니나 다를까 주사실에서는 울음소리가 터져 나옵니다. 가만히 귀를 기울여 주사실에서 나는 소리를 들어봅니다.

간호사가 아이를 달래봅니다.

"이거 하나도 안 아파. 너보다 훨씬 어린 애도 잘 맞고 갔어."

간호사는 생글생글 웃으며 말하지만 아이의 귀에 그 말이 들어올 리 없습니다. 아이가 앙탈을 부리면 주사를 놓을 수 없습니다. 억지로 주사를 놓으려다가는 아이가 다칠 수도 있기 때문입니다. 아이가 안정이 되거나 '포기할' 때까지 기다려야 합니다. 힘이 부친 할머니는 손자를 달래다가 혼내다가를 반복합니다. 그러다 결국 혀를 쯧쯧 차면서 우는 아이의 손을 잡고 주사실 밖으로 나옵니다. 할머니의 얼굴을 보니 화가 많이 난 모양입니다. 아이를 맡기고 일터로 나간 며느리, 혹은 딸을 속으로 욕하고 있을지도 모르겠습니다.

아이와 할머니의 병원 활극은 이렇게 할머니의 패배로 끝나는 듯싶었습니다. 하지만 한 십 분 정도 지났을까? 아이와 할머니가 다시 병원에 등장했습니다. 일흔은 되어 보이는 할머니와 네다섯 살 정도로 보이는 아이가 어떤 합의를 했을까요? 그 비밀은 곧 밝혀졌습니다. 아이의 입에 물려 있는 막대사탕을 보았으니까요. 둘 사이에 어떤 말이 오갔는지는 모르겠지만 아이는 무서움을 참고서 입 안에서 왔다 갔다 돌아다니는 사탕의 단맛에 정신을 집중하고 있는 모양입니다.

주사실에서는 더 이상 아까와 같은 실랑이가 들리지 않습니다. 곧 주사실을 나오는 아이의 눈에는 눈물이 그렁그렁 맺혀 있었습니다. 여전히 막대사탕은 입에 문 채로 말이죠.

사탕 하나로 해결되는 아이의 순수함만큼 단맛은 참 순수합니다. 다른 대부분의 맛이 학습을 필요로 하는 데 비해 단맛은 그 자체로 어떤 학습도 필요로 하지 않습니다. 바리스타는 커피의 쓴맛과 신맛의 조화를 위해 노력하고 또 노력합니다. 신맛은 적절한 단계를 거치지 않으면 그 자체로 하나의 고통입니다. 어린이에게 레몬즙을 먹이면 온갖 인상을 다 쓰는 걸 보면 말입니다. 물론 레몬즙을 먹이면 어른도 괴롭기는 마찬가지입니다만. 여하튼 신김치의 맛을 제대로 즐기려면 그 신맛을 이해할 수 있는 적절한 나이가 되어야 함이 그것을 증명합니다. 짠맛은 말할 것도 없습니다. 중용의 덕을 지키지 못하면 음식의 맛을 완전히 버리게 하는 게 짠맛입니다. 감칠맛은 그야말로 학습의 맛입니다. 익숙해지지 않으면 도대체 알 수 없는 맛이기 때문입니다.

단맛만은 어린이라도 바로 그 맛을 느끼고 즐깁니다. 유년이란 바로 그런 것입니다. 유년은 어떤 학습도 필요없이 삶을 즐기고 그 자체로 웃음이 됩니다.

인생에서 가장 달콤한 시기인 유년을 책임지는 사람은 어른입니다. 아이들은 그냥 내버려두면 자연스럽게 단맛을 즐기듯 인생을 즐깁니다. 놀이터에 아이를 데리고 가보면 잘 알 수 있습니다. 아이는 누가 소개시켜 주거나 노는 법을 가르쳐 주지 않아도 주변의 아이들과 자연스럽게 어울려 놉니다. 따지는 것도 없습니다. 너무나도 잘 어울려 놀기에 혹시나 서로 아는 사이였는지 궁금해서 아이들에게 '서로 아는 사이'였냐고 물어보면 이름도 모른다고 대답합니다. 이름도, 학교도, 어디에서 사는지, 얼마나 잘사는지, 부모님은 뭐하시는지, 조건도, 외모도, 아이들의 관계에서는 아무 상관이 없습니다. 같은 놀이터에 있으니 같이 노는 것뿐입니다. 그에 비해 어른들은 얼마나 조건을 따지는지 모릅니다. 하다못해 어떤 부모는 잘 놀고 있는 아이에게 다가가 묻기도 합니다.

"저 애들은 누구니? 공부 잘하니?"

그 순간 아이가 어떤 생각을 할까요? 사람은 질문 속에서도 정보를 받는다고 합니다. 질문을 받은 아이들은, 특히 착한 아이일수록 이렇게 생각할 것입니다.

'잘 아는 애들하고만 놀아야 하는 것일까? 공부 잘하는 애들하고만 놀아야 하는 것일까?'

설령 아이들이 당장 그렇게 생각하지 않더라도 잠재의식 속에 어른의 잘못된 생각이 끼어들기는 참 쉽습니다. 미국 UC 어바인 대학의 교수 엘리자베스 로프터스는 그녀의 저서 '우리의 기억은 진짜 기억일까?'에서 재미있는 실험을 소개했습니다.

잠재의식 속에 얼마나 쉽게 기억을 심어 놓을 수 있는지를

기억이 아름다워지면
추억이 된다

알아보는 실험입니다. 실험 참가자의 부모는 아이들에게 이렇게 질문합니다.

"혹시 너 그거 기억나? 세 살 때 엄마랑 쇼핑센터에 가서 길 잃어버렸잖아."

그러면 아이들은 처음에 어리둥절해합니다. 그러나 반복적으로 질문을 하면 아이들은 부모를 만족시키기 위해 자신도 모르는 기억을 만들어내기 시작합니다.

"맞아. 그래서 내가 많이 울었지?"

여기서 엄마가 적당히 대답을 해주면 기억은 점점 구체적이 되어갑니다.

"왜 그렇게 많이 울었어?"

"엄마가 안 나타나서 많이 무서웠어. 그런데 거기 있는 아저씨가 가만히 기다리라고 하는 거야. 엄마가 늦게 와서 많이 화가 났었어."

이제 아이의 머릿속에는 길을 잃어버린 기억이 주입되었습니다. 만약 진실을 말해주지 않는다면 순수한 아이는 길을 잃어버렸던 기억을 안고 살아갈 것입니다.

아름답고, 즐겁고, 순수하고, 달콤해야 할 유년의 경험이 어른들의 무심한 한마디 때문에 씁쓸하게 변할 수 있습니다.

사탕은 그 순수한 단맛 때문에 가치가 있는 것입니다. 몸에 좋으라고 씁쓸한 홍삼을 넣기 시작하면 아이들은 그 맛을 피하기 마련입니다. 유년의 순수함을 헤치는 것은 어른들의 욕심입니다. 사탕에 홍삼즙 몇 방울을 넣었다고 얼마나 몸에 좋겠습니까? 주변에 아이들이 있다면 부디 욕심을 버리고 그저 지켜봐 주시기 바랍니다. 어른들이 가끔 단맛을 찾듯이, 유년은 어른이 되어서도 간직하는 당분과 같습니다.

 하늘

고개를 들어봅니다. 천장은 가끔 바라보아도 하늘을 바라보는 것은 참 오래간만입니다. 가을이라 하늘이 매우 높습니다. 가을이 아니라도 하늘은 항상 높았지만 우리가 미처 보지 못하고 겨우 인간의 기준에 맞춰 하늘이 높다고 하는 것일 테지만 말입니다.

가을 하늘을 보면 두 가지 기억이 떠오릅니다. 그런데 그 두 가지 기억은 사실 한 가지 기억이기도 합니다. 하나는 푸른 하늘 아래서 펼쳐지던 가을 운동회이고, 또 하나는 가을 하늘에 간혹 하나씩 지나가는 뭉게구름을 닮은 솜사탕입니다.

어렸을 때 난 운동을 잘하지도 못하지도 않는 중간 정도였습니다. 그래서 그랬는지 가을 운동회가 열리면 공부를 안 하는 것은 즐거웠으나 운동회 자체는 그리 즐겁지 않았습니다. 상품은 운동 잘하는 아이들 차지였고, 전 항상 참가하는 데 의의를 두는 정도에 지나지 않았습니다. 줄다리기나 박터트리기 같은 단체 종목만 참가했고 반 대표로 참가하는 종목은 없었으니까요. 그 와중에 정말 즐거운 것은 점심시간이었습니다. 물론 소풍과 운동회 때만 싸주시는 어머니의 김밥도 기다려졌지만, 운동회라고 아버지가 몰래 찔러 넣어준 동전 몇 개로 불량식품을 마음대로 사먹을 수 있다는 작은 자유가 제 마음을 더 설레게 했습니다.

운동회가 열리는 날은 어떻게 알았는지 운동장 앞에 여러 장사들이 와 있었습니다. 바가지로 시원하게 냉수를 퍼주는 냉차 장사도 자리를 잡고 있고, 형형색색의 바람개비를 좌판에 잔뜩 꼽은 장난감 물총 장사도 있습니다. 아이들은 옹기종기 모여 장난감을 구경했습니다.

그중에서 제가 가장 좋아했던 것은 다름 아닌 솜사탕이었습니다. 사실 지금 생각해보면 솜사탕이란 게 특별한 맛이 있는 건 아닙니다. 입에 넣으면 사르르 녹아버리는 설탕맛이 전부입니다. 솜사탕이 매력 있는 이유는 정말로 구름처럼 생겼다는 것과 마술처럼 만드는 솜사탕 장사 아저씨의 솜씨 때문이었습니다.

솜사탕을 파는 아저씨는 짐자전거 뒤에 솜사탕 만드는 기계를 싣고 다녔습니다. 아저씨는 자전거를 세우고 솜사탕 몇 개를 만들어서 자전거에 꽂아둡니다. 그 솜사탕은 지금 말로 하자면 디스플레이용입니다. 아이들은 이미 만들어져 있는 솜사탕을 사 먹지 않습니다. 저는 제일 먼저 달려가서 솜사탕 하나를 주문합니다. 그러면 아저씨는 설탕 한 수저를 기계에 넣고 전원을 켭니다. 위윙하는 소리가 들리면 아저씨는 큰 솥처럼 생긴 기계 안쪽으로 나무젓가락을 넣고 휘휘 돌립니다. 처음에는 아무것도 안 보이던 기계 안에서 뭔가 실처럼 생긴 것이 보이기 시작하고 아저씨의 손끝에서 작은 구름이 점점 부풀어 오릅니다.

적당히 부풀어 오른 솜사탕을 넘겨받은 내가 달리면 몇몇 아이들이 따라옵니다. 솜사탕을 얻어먹기 위해서죠. 그리 비싼 것은 아니었지만 그 솜사탕을 살 만한 돈이 없는 아이들이 많이 있었습니다. 아이들이 쫓아와서 우격다짐으로 솜사탕을 뺏어 먹는 것도 아니었습니다. 그저 자기들끼리 알아서 줄을 서면 내가 조금씩 뜯어주는 것뿐이었습니다.

사라질 것을 뻔히 알면서도
즐거운 일이 있다

솜사탕을 한 주먹씩 받아들고 아이들은 기뻐합니다. 솜사탕은 입에 넣은 건지도 모르게 사라집니다. 입에 단맛이 맴돌지만 실제 무엇인가를 먹었다는 느낌이 전혀 들지 않습니다. 아마도 대부분의 아이들은 구름의 맛이 이와 비슷하다고 상상했을 것입니다.

솜사탕은 깔끔하게 먹기 힘든 음식입니다. 먹고 나면 그 입 주위와 손이 모두 끈적끈적합니다. 위생 개념이 그리 철저하지 않았던 그때, 점심시간이 끝났다고 방송이 나오면 아이들은 손도 씻지 않은 채 자기 자리로 달려갑니다. 흙먼지 잔뜩 피어오르는 운동회를 마치고 나면 아이들의 손과 입은 먼지로 새까맣게 변합니다. 솜사탕을 먹은 아이와 안 먹은 아이는 그렇게 구분이 되었습니다. 수돗가로 달려가 손과 얼굴을 대충 씻고 솜사탕의 추억을 안고서 다들 집으로 달려갔습니다.

이 달콤한 기억을 떠올리기 위해 하늘을 보는 것인지도 모르겠습니다. 간혹 음식을 하다가 고추가루를 많이 넣어서 너무 매워지거나, 간장을 많이 넣어서 짜지면 그 맛을 중화해주는 게 설탕입니다. 설탕은 매운맛과 짠맛을 잡아줄 정도로 강력합니다. 달콤한 추억은 현실의 고통을 조금은 잊을 수 있게 해줄 만큼 강력합니다. 즐거운 추억이 많은 사람일수록 긍정적입니다. 즐거움을 맛본 적 있기에 앞으로도 즐거울 수 있다는 믿음을 내면에 갖고 있는 것입니다.

달콤한 삶, 달콤한 추억은 그 자체로 인생에 힘을 주는 윤활류입니다. 어머니가 주셨던 젖의 맛이 어땠는지 기억나지는 않지만 젖에는 락토오스라는 천연 당분이 포함되어 있습니다. 인생에서 첫 번째 맛보는 맛이 단맛이란 뜻이죠. 사람은 어쩌면 단맛을 다시 찾기 위해 사는 존재인지도 모르겠습니다. 어렸을 때 맛보았던 단맛을 다시 되찾기 위해 노력하고 열심히 사는 것이죠. 하루가 어떻게 지나갔는지도 모르게 피곤한 날, 간혹 밖에 나와 하늘을 보면서 솜사탕을 떠올리며 위안을 찾듯이 말이죠.

앞으로도 힘든 날이 많이 닥쳐올 것입니다. 그때를 대비해서 오늘은 평소 마시던 아메리카노 대신 자판기에서 밀크커피를 한 잔 뽑아 먹어야겠습니다. 중년의 맛에 유년의 달달함을 가득 채운 바로 그 맛으로 말이죠.

2장

신맛

쫄면

　직장 생활을 하다 보면 혼자서 점심을 해결해야 할 일이 간혹 생깁니다. 아무래도 혼자 식당에 들어가서 밥을 먹는 건 쑥스러운데 한식당처럼 한 상 가득 반찬을 깔아주는 식당일 경우에는 더욱 그렇습니다. 그래서 주로 찾는 집이 중국집이나 분식집입니다. 중국집에 가면 고민은 단 두 가지입니다. 짜장이냐, 짬뽕이냐. 아마도 가장 오래된 고민이겠지만 아직도 답을 내리지 못한 고민입니다. 그래서 두 메뉴의 눈치를 보다가 볶음밥으로 결정하기도 합니다. 볶음밥에는 짜장 소스와 짬뽕 국물이 모두 나오니까요. 분식집에 가면 고민은 더욱 깊어집니다. 축구 평론가로 유명한 영국인 존 듀어든은 한

국에 와서 가장 놀랐던 곳이 김밥천국이라고도 했죠. 그 작은 식당에 그렇게 많은 메뉴를 취급하는 곳은 없을 것이라고 감탄했습니다. 저 역시 마찬가지입니다. 김밥천국이나 그와 유사한 분식집에 가서는 식당을 선택할 때보다 더 많은 고민을 해야 합니다.

결국 난 쫄면을 선택했습니다. 분식점의 제왕은 쫄면이라는 생각은 나와 비슷한 세대가 가지고 있는 선입견일 것입니다. 그만큼 한 시대를 풍미한 음식이 쫄면입니다. 음식도 아니면서 간식도 아닌 그런 맛. 분식집이라는 가벼운 인상과 가장 잘 어울리는 그런 음식. 그게 바로 쫄면입니다.

통통하면서도 쫄깃한 면발과 아삭아삭 씹히는 양배추, 그리고 입에 침을 고이게 만드는 새콤한 소스는 그 자체로 젊음을 생각나게 합니다.

탱글탱글한 면발을 뭉쳐놓으면 고무공처럼 통통 튀어 다닐 것 같습니다. 이가 안 좋은 어르신들은 쉽게 먹을 수 없는 음식이기도 합니다. 양배추를 주종으로 하는 아삭한 채소도 마찬가지고요. 게다가 새콤한 소스는 매우 자극적이어서 좀 더 나이 드신 분들은 생각만 해도 이가 시리다고 말씀을 하십니다. 사실 새콤한 맛과 이가 시린 풍치 증상은 아무 상관이 없는데도 말이죠.

제가 이가 모두 빠져 쫄면을 먹을 수 없는 순간이 오더라도 쫄깃하지 않고 새콤하지 않은 쫄면을 만들어 먹을 생각은 없습니다. 쫄면의 맛은 그 활발함과 거친 매력에 있으니까요.

젊음의 맛이라고 제가 평하는 이유도 그렇습니다. 젊음은 그 자체로 통통 튀어야 제맛입니다. 요즘 취업도 잘 안 되고, 미래가 불투명하다고 풀이 죽어 있다면 그것은 젊음이 아닙니다. 먹기 불편하다고 쫄면을 따뜻하게 데우고, 면은 물렁물렁하게 가공하며, 새콤한 맛을 없애버릴 생각을 하는 사람은 없을 것입니다. 세상이 힘들다고 기가 죽는다면 청년은 사라지고 중년이 앞으로 달려 오고 있다고 생각하면 됩니다.

쫄면은 맛과 식감이 젊음과 비슷할 뿐만 아니라 그 태생 또한 젊음 그 자체입니다. 쫄면은 1970년대에 태어난 음식입니다. 역사가 그리 길지는 않은 음식이죠.

1970년대 초 인천에 냉면을 주로 만드는 광신제면이라는 면 제조 공장이 있었습니다. 냉면을 만들 때, 냉면 반죽을 사출기에 넣으면 면이 쭉 뽑혀 나오는데 어느 날 직원이 사출기 구멍의 크기를 잘못 조절하는 바람에 냉면이라고 하기에는 엄청나게 두꺼운 면이 뽑혀 나왔습니다. 이름도 알려지지 않

실수란 누구나 저지르는 것.
그러나 어떻게 처리하느냐는 모두 다른 것

은 이 직원(사실은 이 분이 쫄면의 창시자입니다)은 공장장에게
아마도 크게 혼이 났겠지요.

공장장은 잘못 만들어진 면이지만 음식을 버리기는 아까웠
습니다. 그래서 주변에 있는 분식집에 공짜로 주었습니다. 분
식점 주인은 이 면을 어떻게 할까 고민했습니다. 면이 두꺼워
서 차가운 냉면 육수에 넣으면 입으로 끊을 수 없을 정도로
질겨졌습니다. 뜨거운 육수를 부으면 서로 엉겨 붙어서 먹을
수 없는 상태가 되었습니다. 분식점 주인은 질기고 두터운 개
성을 그대로 살리기로 결정했습니다. 대신 더욱 강한 개성의
음식을 곁들여 조화를 이루기로 했습니다.

두껍고 질긴 면의 식감을 보충하기 위해 생 양배추를 넣어
서 아삭한 식감을 더했습니다. 그리고 일반 비빔냉면보다 더
욱 새콤한 양념을 만들어서 강렬한 맛을 만들어냈습니다. 분
식점 주인은 이 상품이 잘 팔리리라고는 생각하지 않았습
니다.

그런데 이 상품이 말 그대로 대박을 쳤습니다. 젊은이의 입
맛을 사로잡은 것입니다. 소문을 타고 이 면은 인천 전역으로
퍼져나갔고, 한 식품회사에서 본격적으로 면과 양념을 생산
하면서 전국적으로 유명해졌습니다.

쫄면은 실수로 태어난 음식입니다. 그러나 실수했다며 면을 그냥 모두 버렸다면 지금과 같은 음식이 태어나지 못했을 것입니다. 또한 쫄면 고유의 개성을 모두 없애려 했다면 지금과 같은 맛을 내지는 못했을 것입니다. 실수에서 끝내지 않고 개성을 살려 앞으로 나아갔다는 유래에서, 전 젊음을 봅니다.

음식은 아니지만 포스트잇도 실패에서 태어난 대표적인 상품입니다. 원래는 매우 끈기 있는 풀을 만들려고 하다가, 오히려 끈기가 매우 약해서 조금만 힘을 주면 깔끔하게 떨어지는 풀을 만든 것이죠. 그러나 연구원들은 이 상품의 장점을 발견했고, 책갈피 등으로 쓰면 좋겠다는 생각을 했습니다. 그래서 태어난 게 포스트잇입니다. 이런 사례는 매우 많습니다. 특히 의약품 분야에서 이런 일이 자주 일어납니다. 전립선 치료제를 만들다가 그 약의 부작용을 발견하게 되었는데, 몸에서 털이 난다는 것이었습니다. 그래서 이 전립선 치료제는 발모제로 각광을 받게 됩니다. 또 혈행 개선을 연구하다가 비아그라가 나왔습니다.

젊은 사람들이 많이 쓰는 말 중에 하나가 '무쓸모(실제로 사용하는 말입니다)' 입니다. 아무 쓸모가 없는 것을 가지고 무쓸모라고 하는데, 이런 말이 유행하는 이유가 젊은이들이 스스로를 자조하는 게 아닌가 하는 노파심이 듭니다. 이 세상에 무쓸모는 없습니다. 쓸모가 아직 발견되지 않은 것뿐입니다.

젊음은 실수를 해도 용서받을 수 있는 시기입니다. 실수를 자주하면 물론 좋지 않습니다만 한 번 실수했다고 기죽어 있으면 다시는 기회가 없습니다. 누군가 실수를 하면 어른들은 이렇게 말합니다.

"아직 어려서 그래."

실수를 하면 당당하게 말하고 앞으로 나아가십시오. 아직 어려서 그랬다고. 그러나 지금은 그때만큼 어리지 않다고.

식초의 세계

　신맛이라고 하면 가장 먼저 생각나는 게 식초입니다. 식초는 그저 양념일 뿐 건강에는 별로 도움이 되지 않을 것 같은 인상을 줍니다. 하지만 식초는 그 효능 또한 뛰어난, 당당한 음식입니다.

　식초에는 각종 유기산이 들어 있어 활성산소를 제거해줍니다. 혈관에 지방이 쌓이는 것을 막아주기 때문에 동맥경화증과 고혈압 같은 혈관질환에 효능이 있습니다. 또 장활동도 활발하게 도와줌으로써 변비에도 좋다고 합니다. 신진대사를 활발하게 해서 몸속에 젖산이 쌓이는 것을 막아주기 때문에 피로회복에도 좋습니다.

식초에는 살균 작용도 있습니다. 흔히 생선회를 먹을 때 초고추장에 찍어먹는데 그 안에 들어 있는 식초가 식중독균을 살균하는 역할을 담당합니다. 해산물을 먹을 때 식초를 곁들이면 해산물에 들어 있는 타우린의 효과가 더욱 강화돼 간이 회복하는 데에 큰 도움이 됩니다. 고기를 먹을 때도 식초로 소스를 만들어서 찍어 먹으면 육질이 연해집니다. 채소를 씻을 때 식초를 한 방울 넣으면 더욱 파릇파릇해집니다.

이렇게 효과가 좋은 식초라도 그 자체만으로는 먹기 곤욕입니다. 몸에 좋다고 하루 한 수저씩 감식초를 먹으라고 하면 처음에는 며칠 먹다가 곧 진저리를 칩니다. 몸에 좋은 감식초라고 시중에 몇 가지 음료가 나와 있지만 그 안에는 당분이 듬뿍 들어 있는 '음료'일 뿐이죠.

혼자보다는 다른 음식과 어울러졌을 때 비로소 그 진가가 드러나는 게 식초 혹은 신맛입니다.

귀농해서 충청도에서 농사를 짓는 지인 A가 있습니다. A의 초대로 농촌에 방문했습니다. A가 그 지역에서 자란 쌀로 밥을 해주었는데 그 맛이 기가 막혔습니다. 찰진 밥이란 게 과연 이런 맛이구나 하는 것을 몸소 느꼈습니다. 밥알이 끈기 있게 뭉쳐 있으면서도 한 알 한 알이 또한 독립되어 우뚝 서 있는 느낌. 씹으면 이가 튕겨나갈 정도로 탄력 있는 쌀이었습니다. 밥맛이 좋다는 말의 뜻을 이제야 알았다고 할까요? 아무 반찬이 없어도 얼마든지 먹을 수 있을 법한 그런 맛이었습니다.

"매일 이런 밥을 법을 먹으면 생기가 절로 생기겠습니다."

내가 말하자 A는 빙긋이 웃기만 하고 대답이 없었습니다. 그러고는 벼가 고개를 숙이고 있는 농토를 바라볼 뿐이었습니다. 어쩐지 쓸쓸한 그 광경에서 빠진 것이 무엇인지 알 것만 같았습니다.

요즘 젊은 사람들은 모두 서울로, 대도시로 나가버렸다고 하죠. A가 귀농한 지역도 젊은 사람이 없습니다. 그나마 다행인 것은 아직 50대들이 있다는 것이라고 합니다. 주민이 모두 60대가 넘은 지역도 있답니다. 노인들만 남아 있는 마을에서 힘든 농사를 어떻게 짓느냐고 생각하기 쉽지만, 그런 곳에서 노인들의 경험은 젊은이의 힘 못지않게 중요합니다. 또 기계화가 많이 되어 있어서 예전에는 수십 명이 하루 종일 해야 할 벼베기도 콤바인 한 대면 몇 시간 만에 끝나고 탈곡까지 완료됩니다.

A는 말합니다. 주민들이 젊은이를 그리워하는 이유는 일

손이 부족하기 때문이 아니라고. 다만 활력을 느껴 보고 싶은 것이라고. 농촌에서 잔뼈가 굵은 노인들은 70대가 되어도 스스로 밥벌이 할 정도의 능력을 가지고 있습니다. 아마도 누가 도와주지 않아도 논 한 마지기는 거뜬히 농사를 짓고도 남을 것입니다. 그러나 한계를 느낍니다. 그곳은 현재만이 존재하는 곳이었습니다. 몇 년이 될지는 모르지만 그 어른들이 농사를 짓다가 더 이상 농사를 짓지 못하게 되었을 때, 아마도 그 분들 개인적으로는 아들딸이 모시거나, 환경 좋은 양로원에 가거나 해서 노년을 풍요롭게 지내실 수도 있을 것입니다. 하지만 그 분이 평생 지켜온 땅에는 미래가 없었습니다.

정치적인 의미를 떠나서, 사람이 나이를 먹으면 보수적이 된다고 합니다. 새로운 일을 하기보다는 현재 있는 것을 지키며 안정적으로 살려고 하는 경향이 강해진다는 이야기입니다. 농촌에 가보니 보수적이 된다기보다는 보수적일 수밖에 없습니다. 새로운 일을 해야 할 이유가 없습니다. 젊음에게 새로운 자리를 물려주어야 하는데, 그곳엔 젊음이 없으니까요.

이와 비슷한 일이 도시에서도 일어나기 시작했습니다. 경기가 점점 어려워지니 회사에서는 신입 사원을 뽑으려 하지 않습니다. 인원은 한정되어 있는데 신입사원을 뽑아 놓으면, 지금 당장 일을 할 수 없기에 경력사원 위주로 선발합니다. 신입은 뽑지 않고 계속 경력사원 위주로 선발을 하니 회사 자체가 노령화되어 갑니다. 당장은 경력 사원을 뽑는 것이 신입을 뽑아서 키우는 것보다 쉽고 회사는 안정적으로 돌아갈지 모릅니다. 하지만 결국 농촌에서와 마찬가지의 현상이 일어납니다. 새로운 기운이 없는 곳에서는 새로운 일을 할 활력이 떨어집니다. 발전은 없고 유지만 있으면, 지금 당장은 좋아 보일지 모르지만, 아주 천천히 죽어가고 있는 것과 다름이 없습니다. 그야말로 시한부 생명입니다.

이런 회사에, 이런 농촌에, 우리 사회에 필요한 게 바로 식초와 같은 젊음입니다. 약간 풀이 죽어 있는 채소라도 식초 한 방울을 곁들이면 파릇파릇 살아난다고 했습니다. 지금 우리 사회는 젊음 한 방울이 필요한 사회입니다.

현재 젊은이의 능력은 생각보다 훌륭합니다. 물론 경험은 이전 세대에 미치지 못할지도 모르지만, 보다 치열하게 공부를 한 세대가 현재의 젊은 세대입니다. 세상을 바라보는 시야가 기성세대와는 전혀 다릅니다. 그 다름을 인정해서 새로운 힘을 받아들여야 합니다.

단지 한 방울이라도 젊음은 활력이다

세대가 공존하지 못하는 이유는 양쪽 모두에게 책임이 있습니다. 기성세대는 젊은 세대가 아무 생각이 없다며 그들의 능력을 활용할 생각을 하지 않고, 젊은 세대는 기성세대와는 말이 통하지 않아서 일을 할 수 없다고 생각합니다.

한 젊은이에게 왜 농촌을 떠났느냐고 물어보았습니다. 그랬더니 '그곳에는 더 이상 미래가 없어서 떠났다'고 답하더군요. 나는 한 말씀 드리고 싶습니다. '그곳에 미래가 없는 이유는 당신이 없기 때문이라고'.

기성세대에게 말씀 드리고 싶은 것은 '식초가 시다고 피하면 식초의 효능을 볼 수 없다는 것'이고, 젊은 세대에게 말씀 드리고 싶은 말은 '식초 자체로는 맛을 낼 수 없다는 것'입니다.

막걸리 식초

세상의 이치란 참 묘합니다. 어떤 작은 깨달음이라도 얻으면 세상의 이치가 모두 그 안에 있으니까요. 그래서 달마 대사는 이 세상에 부처가 아닌 게 없다며 '이 마음이 곧 부처이니라'라고 말씀하신 듯합니다. 세상 모든 곳에 이치가 있다는 뜻이겠지요.

젊음을 신맛에 비유하다 보니 신맛이 어떻게 만들어졌는지 궁금해졌습니다. 신맛은 본디 과일에서 얻을 수 있는 맛이었습니다. 그런데 양념으로서의 신맛, 즉 식초의 역사는 술의 역사와 그 궤를 같이합니다. 인류가 최초로 '만든' 양념이 식초라고 하더군요. 술을 만들다가 실수로 만든 것인지는 알 수 없으나 술을 오래 발효하면 식초가 된다는 사실은 상당히 오래 전부터 알고 이용했던 것 같습니다.

서양에서는 포도주 등의 과일주를 주로 마셨기에 발사믹 등의 과일식초가 많이 쓰였고, 우리나라를 비롯한 동양에서는 곡주를 주로 마셔서 곡물식초가 많이 쓰였습니다.

그동안 식초는 주로 마트에서 사다가 먹는 것이어서 만드는 과정이 어떠한지는 전혀 신경 쓰지 않았습니다. 그렇기에 발효의 과정을 거쳐서 식초가 된다는 사실이 오히려 신기하게 느껴졌습니다. 물론 빙초산처럼 화학적 반응을 통해 신맛을 만들고 이를 희석해서 사용하는 식초도 있기는 하지만, 자연 발효 식초에 비할 바가 아니고 오히려 빙초산에는 중금속 물질이 포함되어 있어 몸에 좋지 않다는 말도 있습니다.

다른 식초를 집에서 직접 만들기는 힘들고 가장 구하기 쉬운 막걸리로는 가정에서도 비교적 쉽게 만들 수 있습니다.

❶ 재료로 쓸 막걸리를 사옵니다. 아무 막걸리나 사오는 게 아니라 꼭 효모가 살아 있는 막걸리를 사와야 합니다. 유통 기간을 길게 하기 위해 열처리를 한 막걸리는 효모가 죽어 있기 때문에 아무리 오래 발효시켜도 식초가 되지 않습니

다. 유통 기간이 짧은, 그리고 이름에 '생'이라는 게 붙은 막걸리가 좋습니다. 그런 막걸리를 자세히 보면 효모가 살아 있다고 병에 광고 문구가 씌어 있습니다.

❷ 항아리가 있으면 깨끗이 씻어서 잘 말리고, 만약 항아리가 없다면 입구가 넓은 유리병을 준비합니다. 역시 안에 물기를 깨끗하게 제거해야 합니다. 병에 막걸리를 꽉 차지 않게, 칠 할 정도 붓고 입구를 면보로 막습니다. 절대로 랩을 씌우거나 뚜껑을 닫으면 안 됩니다. 공기에 떠다니는 초산균이 효모를 잡아먹으면서 발생하는 아세트산 때문에 시큼한 식초가 되는 것이니 공기가 꼭 통하는 면보를 씌워야 하는 겁니다. 만약 면보를 씌우지 않으면 초파리 등이 날아와 알을 낳거나 막걸리가 변질되기 쉽습니다.

❸ 햇빛이 들지 않는 곳, 발효가 잘되게 하려면 조금 따뜻한 곳에 막걸리가 든 병을 둡니다. 그러면 며칠 후 하얀 막이 생깁니다. 이 막이 생겼다는 것은 막걸리 식초가 만들어지고 있다는 신호입니다. 막이 생기면 막걸리를 잘 저어주어야 합니다. 막이 공기와 막걸리가 접촉하는 것을 막기 때문에 초산균이 잘 들어오도록 하는 과정입니다.

❹ 이렇게 간혹 잘 저어 주면서 3개월을 기다리면 막걸리

숙성을 뒤집으면 성숙이다

식초가 완성됩니다.

막걸리 식초는 그 풍미가 뛰어나 무침 요리 등을 만들면 좋습니다. 가자미 무침 같은 음식에 막걸리 식초를 넣으면 재료의 맛이 더욱 살아나 고급스러운 요리가 됩니다.

예전부터 식초를 만들어 먹었던 어르신들은 몰라도 우리는 식초를 휘발성 음식이라고 생각했습니다. 금방 만들 수 있고, 성격이 급해서 놔두면 금세 그 향을 잃어버린다고 오해했습니다. 하지만 식초도 오랜 기간을 숙성해야 제대로 맛을 내는 그런 음식이었습니다. 유럽에 가면 수십 년 된 식초만 사용하는 음식점이 따로 있다고 합니다. 숙성이 될수록 좋다는 의미이겠지요.

이 이야기를 시작할 때 이치는 모든 곳에 있으며 하나로 합해진다고 이야기했었지요? 이 말이 하고 싶었기 때문에 한 말이었습니다. 그것은 '식초처럼 젊음에도 숙성이 필요하다'는 말입니다.

젊음은 패기와 도전의 시기입니다. 하지만 그 말의 뜻을 잘못 이해하고 있는 젊은이들이 많은 것 같습니다. 패기만 있으면 아무 준비가 없어도 된다는 듯이, 방탕하고 무모하게 부딪치는 것을 패기라고 말합니다.

아마도 인생을 살아가며 나아가야 할 길 앞에는 많은 문이 서 있을 것입니다. 준비 없는 젊음은 '이것이 패기야' 라고 소리치며 문으로 달려가 냅다 부딪칠 것입니다. 아마도 문은 열리지 않고 피를 흘리게 되겠지요. 피를 흘리더라도 젊음은 포기하지 않는 것이니까 '이것이 도전이다' 라고 소리치며 다시 한 번 문을 향해 달려가겠지요. 아주 약한 경첩에 매달려 있던 문이라면 그런 식으로 해서 부서질지도 모르겠습니다. 하지만 인생이라는 길에 달려 있는 문 중에 그리 호락호락한 것은 없습니다. 젊음은 다시 한 번 부딪쳐 크게 상처를 입겠지요. 그리고 문을 만든 사람에게 욕을 합니다. 열리지 않는 문을 뭣하러 만들어 놨느냐고. 그리고 또 도전해보라며, 패기를 가지라며 응원해주었던 사람들에게 욕을 하다가 좌절하겠지요. 도전과 패기로 되는 건 아무것도 없다고 소리치고 길을 벗어나 광인처럼 뛰어갑니다. 이제 그 젊음은 한동안 인생이라는 길에서 이탈해 있을 것입니다. 언젠가는 돌아오겠지만 말입니다.

그러면 이제 준비가 된 젊음의 예를 들어보겠습니다. 준비가 된 젊음은 어떻게 행동할까요? 처음에는 준비가 안 된 젊음과 마찬가지로 문에 부딪쳐 볼지도 모르겠습니다. 한 번 정도는 실패를 할 수도 있죠. 그러나 지금부터는 다른 선택을 합니다. 왜 문이 열리지 않을까 생각하며 문을 천천히 살펴봅니다. 이윽고 발견하겠지요. 문 한편에 작은 글씨로, 그러나 웬만하면 알아볼 수 있을 정도의 크기로 글자가 새겨져 있는 것을 말입니다.

"당기시오."

조금만 주위를 살피고 준비를 하면 인생의 길은 그리 어렵지 않습니다.

숙성이 되어야 제대로 된 식초가 만들어지듯이 말입니다.

신 김치 조리법

지인 중에 조카뻘 되는 B가 있습니다. 생긴 것은 서구적인데 입맛은 한국적입니다. 특히 김치가 없이는 밥을 먹지 않습니다. 특히나 좋아하는 것은 신 김치인데 보통보다 훨씬 신 김치를 좋아합니다.

그런데 그 부모는 반대입니다. 김치가 시면 못 먹겠다고 시기 전에 냉장고에 넣어둡니다. B는 맛들기 전의 김치는 김치가 아니라며 김치통을 냉장고에서 꺼내고, 그 부모는 시어 터진 김치를 어떻게 먹느냐고 냉장고에 넣는 실랑이를 하루가 멀다 하고 벌이고 있습니다.

그러고 보면 신 김치도 젊음의 맛인가 봅니다. 어렸을 때는 김치가 매워서 못 먹고, 조금 지나야 신 김치의 맛을 이해하게 됩니다. 그러다 보니 점점 더 신 김치를 찾게 됩니다. 아마도 가장 신맛의 김치를 즐기는 나이는 20대에서 30대 정도, 늦어야 40대까지일 것입니다. 그래서 저는 외식을 활발히 하는 이들 세대의 입맛에 맞추기 위해 묵은지가 유행했던 것이 아닌가 추측합니다.

나이를 조금 더 먹으면 그렇게 자극적인 김치보다는 약간 심심한 맛을 찾게 됩니다. 완전히 신 김치보다 막 맛이 들기 시작한 정도를 좋아합니다. 중용을 지키는 법을 알아 가서겠지요.

좀 더 강한 신맛을 즐기는 B와 신맛을 자제하려는 부모의 관계는 어찌 보면 세대 차이를 말하지 않나 싶습니다.

B는 말합니다.

"김치가 신맛이 나야 김치지. 시지 않으면 그건 겉절이잖아요."

B의 부모는 말합니다.

"상식적으로 먹을 정도로 시어야 하는데, B가 좋아하는 맛은 상식을 벗어났어요."

양 측의 말을 들어보면 이해가 안 가는 것도 아닙니다.

아주 유명한 황희 정승의 일화가 있습니다. 여종 둘이 다투자 황희가 중제를 하려 했습니다. 한 여종의 말을 들어보고 '네 말이 옳구나' 라고 했다가 다른 여종이 하소연을 하자 '네 말도 옳구나' 라고 했습니다. 그 광경을 보고 부인이 나서며 '둘 다 옳다고 하면 어찌 합니까?' 하고 말하자, '당신 말도 옳소' 라고 했다는 이야기입니다.

포용력의 사례로서 많이 인용되는 이야기입니다.

그러나 저는 조금 다른 관점이 있습니다. 황희 정승이 아무리 포용력이 있고 너그러웠다고 해도 말도 안 되는 소리를 모두 맞다고 할 수는 없었을 것입니다. 아마 두 여종의 말이 모두 상식적인 말이고, 그 부인의 말 또한 상식적으로 이해할 만한 말이었기에 모두가 옳다고 할 수 있었을 것입니다.

B 가족의 김치 이야기도 마찬가지입니다. B의 상식으로는 김치는 시어야 하고, 그 어머니의 상식으로는 김치는 시면 안 되는 것입니다. 서로의 상식이 다를 뿐이었습니다.

상식에도 각자의 입장이 있습니다. 나의 상식이 상대의 상식이 아닐 수 있고, 상대의 상식이 내 상식이 아닐 수 있습니다. 각자 살아온 세계가 다르고, 입맛이 다릅니다. 만약 B가 '김치는 달아야 먹을 수 있죠' 라고 말했다면 상식의 세계를

어찌 되었든 모여 있으면
어울리게 마련이다

벗어난 문제입니다. '세상에 이런 일이' 같은 프로그램을 보면 김치든 설렁탕이든 밥이든 어디에나 설탕을 뿌려 먹는 사람이 나오지만, 상식을 벗어난 일이기 때문에 '세상에 이런 일이' 같은 프로그램에 나왔다고 치고 여기에는 논외로 합니다.

조금 덜 시다, 조금 더 시다는 정도의 문제이니까 서로의 상식은 통했다고 봐야 합니다. 조금 덜 시고 더 실 뿐이지 '김치'를 먹는다는 데에는 의견이 통일되어 있는 것이니까 말입니다. 정도의 문제를 가지고 상식 밖이라며 상대를 무시하거나 몰아세우면 그 태도가 문제를 만듭니다.

단순히 김치의 문제가 아니라 세대 간의 갈등은 모두 이런 과정을 거쳐서 파생된다는 것을 염두에 두어야 합니다. 정도의 문제는 중간점을 찾을 수 있습니다. 단 것이 좋아, 신 것이 좋아, 라는 완전히 다른 문제가 아니기 때문입니다.

모두가 융화를 말하는 시대입니다. 지역 간의 융화, 세대 간의 융화 거기에 지식의 융화도 들어가죠. 융화(融化)라는 말에서 융은 녹이다라는 뜻입니다. 녹여서 하나가 되는 게 융화인 것이죠.

다시 B의 가족 이야기로 돌아가 봅니다. B와 그의 어머니가 김치 때문에 싸우지만 두 명 모두 아주 좋아하는 음식이 있습니다. 김치찌개입니다.

B가 좋아하는 신 김치로 김치찌개를 끓여도, 그의 어머니가 좋아하는 약간 덜 신 김치로 찌개를 끓여도 모두 좋아합니다. 재료가 녹을 정도로 끓인 것은 아닐지라도 김치찌개야말로 융화 아니겠습니까?

어울린다는 것은 그리 어렵지 않습니다. 김치찌개처럼 날것의 맛을 조금 내려놓고 익혀서 맛을 버무리면 모두가 좋아하는 맛이 탄생합니다.

시원한 김치찌개 국물을 떠먹으며 B의 어머니가 한 말씀을 하십니다.

"새콤한 것이 아주 맛이 좋구나. 별미야."

3장

쓴맛

커피

입맛이 씁니다. 커피를 마시고 있기 때문이지요. 커피는 당연히 씁니다. 그런데 왜 이런 것을 마시고 있을까요? 사실 마시는 저도 의문입니다.

이전에는 커피라고 하면 설탕과 프림이 적당히 들어가 있는 믹스커피를 좋아했습니다. 아침에 눈을 뜨면 가장 먼저 하는 일이 커피 한 잔을 타서 마시는 일이었습니다. 커피의 향을 맡으면 정신이 맑아지는 느낌이랄까요?

그런데 어느 날부터는 믹스커피의 그런 단맛이 싫어지기 시작했습니다. 요즘에는 원두를 내린 아메리카노를 즐기고 있습니다. 단맛은 모두 사라지고 쓴맛만 남은 커피를 선호하고 있다는 게 참 희한합니다. 다이어트가 목적인 것도 아니고 단지 단맛이 싫어져서 쓴맛을 즐긴다는 건 본능을 거부하고 있다는 이야기도 됩니다.

인류학자인 마빈 해리스는 인류는 쓴맛을 거부하고 단맛을 받아들이는 본능을 타고 났다고 말합니다. 아이가 태어나서 처음으로 입에 무는 어머니의 젖은 달콤합니다. 엄마의 젖에 들어 있는 락토오스는 몸속에서 당으로 분해돼 어린이의 영양공급원이 됩니다. 반면 쓴맛이나 신맛, 짠맛의 음식은 아직 아이가 소화하기에는 힘든 독성 물질입니다. 그러기에 단맛을 좋아하는 아이의 본능은 생존을 위한 본능이라는 것입니다.

그러기에 어떤 문화권이든지 단맛을 거부한 사례는 없습니다. 설탕은 사탕수수를 정제해서 얻는 것인데, 사탕수수가 제배되지 않는 지역이라도 설탕의 맛을 거부한 종족은 없다는 것입니다. 그만큼 단맛은 본능의 맛입니다.

그런데 왜 어느 정도의 나이가 되면 본능의 맛을 거부하게 될까요? 커피나 녹차, 홍차, 멕시코에서 마시는 마테차, 남아프리카 공화국에서만 생산한다는 루이보스티까지 일명 '성인의 음료' 는 모두 쓴맛을 가지고 있습니다.

저는 단맛을 거부하는 게 본능을 거부하는 건 아니라는 나름의 결론을 내렸습니다. 이제 청년의 시절의 지나 중년의 나이가 되어서 단맛을 거부하기 시작하는 것은 본능대로, 입맛에 맞는 것만 좇지 말라는 경고를 몸이 표현하는 것입니다.

자연은 언제나 우리에게 말을 겁니다. 그 말을 알아듣는 사람과 그 말을 이해하지 못하는 사람으로 나뉠 뿐, 누구에게나 말합니다. 천둥이 치면 신이 분노했다고 생각하라는 그런 뜻이 아닙니다. 우리 몸이 무엇을 원하고 있는지 잘 들어보라는 이야기입니다. 몸이 마음까지 지배할 수 있는 젊음의 시기는 지났습니다. 이제 몸의 소리를 들어 주어야 합니다. 몸은 언제나 우리에게 말하고 있습니다. 그 말에 귀를 기울이면 세상을 향해 쉽게 문을 열 수 있습니다.

몸의 말을 듣기 위해서는 중용의 자세를 취해야 합니다. 중년과 중용은 모두 가운데 중(中)을 사용합니다. 인생에서 중심을 잡을 때가 중년입니다. 그러기에 중용의 자세를 깨우치기에 유리한 시기이기도 합니다.

자연의 소리를 듣는 중용의 자세는 한 발자국 떨어져서 나를 바라보는 것입니다. 예를 들어 커피를 마시고 싶을 때 바로 달려가서 커피를 마시는 건 중용이 아닙니다. 마음에 휘둘

쓸쓸하면서도 먹을 만한 것,
인생

리지 말고 중심을 잡고 '내가 왜 커피를 마시고 싶어 할까?' 하며 한발 물러서서 자신의 마음을 바라보시기 바랍니다.

졸려서일까? 아니면 습관적으로? 가만히 내 몸의 이야기에 귀를 기울여 보시기 바랍니다.

마음을 한 번 따라가 보세요. '졸리구나. 그렇다면 이 졸음은 어디에서 연유한 것일까? 아마도 어제 친구를 만나서 술을 한잔하느라고 잠을 푹 못 잔 것이 이유인 것 같은데. 그렇다면 커피는 임시방편밖에 안 될 거야. 알코올을 해독하는 데는 좋은 물을 한 잔 마시고 한 십 분 정도 눈을 붙이는 게 더 낫지 않을까?'

이렇게 마음을 따라가면 긍정적으로 자신을 이끌어가는 게 사람입니다.

한 발 물러선다는 게 그리 쉬운 일은 아닙니다. 우리는 자라면서 물러서는 것은 '손해'라고 배워왔습니다. 적은 자원을 가지고 이만큼 나라를 이끌어온 이들이 지금 중년이라는 배지를 가슴에 달고 있는 사람들입니다. 베이비부머 시대에 태어나 콩나물시루처럼 한 반에 70명씩 들어간 교실에서 공부를 했습니다. 당시에 학교에서의 경쟁은 공부에 대한 경쟁이 아니라 자원에 대한 경쟁이었습니다. 의자는 삐걱거리고 책상은 몸에 어울리지 않게 작거나 컸습니다. 그러기에 짝과 책상 사이에 선을 그어놓고 자신의 영역을 지키기 위해 그렇게 싸웠는지도 모르겠습니다.

직장에 들어가서도 마찬가지였습니다. 당시에는 생산이라는 것이 지금과 같은 아이디어 싸움이 아니었습니다. 어떻게 인적자원, 물적자원, 시간자원을 적게 투입하는가가 사업의 성패를 좌우했습니다.

아이디어가 아니라 자원을 다투어야 한다는 말은 그야말로 경쟁입니다. 하나의 자원을 누가 사용하느냐에 따라서 승부가 갈렸으니까 말이지요.

그런 세계에서 성장해서 자란 중년에게 물러서라는 말은 섬뜩하기까지 합니다. 직장에서도 이제 '물러나야' 할 나이가 다가오고 있습니다. 물러난다는 말에 트라우마가 생길 정도인데, 내 몸이 내는 소리에서도 물러나서 들어야 한다니, 혹자는 이런 말을 하는 저에게 증오심까지 생길지도 모르겠습니다.

하지만 물러나야 합니다. 한발 물러나서 세상을 바라보는 여유가 필요한 시기가 되었습니다. 쓴맛을 즐기라는 몸의 소리를 들어보시기 바랍니다.

몸의 소리를 잘 들어보면 쓴맛을 즐기라는 그 소리가 그리 각박하지만은 않습니다.

커피 맛이 그리 쓴 것만은 아니기 때문이지요. 커피의 맛에도 아주 다양한 스펙트럼이 펼쳐집니다.

사향고양이가 커피 열매를 먹고 나서 배설한 배설물에서 커피콩을 찾아 만든 루왁커피는 아닐지라도, 모든 커피의 맛은 조금씩 모두 다릅니다. 그 맛을 즐기는 학습의 과정을 거치고 나면 쓴맛의 세계도 참 괜찮은 세계란 생각을 하게 될 것입니다.

저는 약간 식은 커피를 한 잔 마시며 한발 물러나 생각하고 있습니다.

'그래도 살 만하구나.'

밥을 태웠네

몇 년 전부터 캠핑이 유행입니다. 한창 팬션이 유행이라며 산과 들, 강가에 조금만 틈이 보이면 건물이 들어섰는데, 이제 웬만한 집에서는 텐트 하나 갖추는 게 유행이 되었습니다.

고즈넉한 곳에 찾아가 자연을 즐긴다는 생각은 참 좋은 것 같습니다. 그런데 문제는 캠핑이 유행하면서 이제 텐트촌도 고즈넉하지 않다는 데 있습니다. 요즘 꽤 괜찮은 캠핑장은 사전에 예약을 해야 겨우 갈 수 있을 정도로 북적입니다.

이렇게 북적이는 캠핑장은 잠만 텐트에서 잔다뿐이지, 자연과 함께한다는 느낌은 아무래도 적습니다. 캠핑장에 전기도 들어올뿐더러 장비도 좋아져서 불편함이 전혀 없습니다.

원래 캠핑이란 최소한의 생존 장비만 가지고 일부러 불편함을 감수하기 위해서 가는 것 아니었나, 하는 생각을 해봅니다만 그래도 캠핑을 즐거워하는 사람이 있기에 이렇게 붐비는 모양입니다.

유행을 따라간다고, 지인의 초대로 캠핑장에 가보았습니다. 원래 캠핑장에 오면 남자가 밥을 하는 것이라고 하더군요. 캠핑장의 낭만은 아무래도 숯불에 고기를 구워먹는 것이니, 반찬은 염려할 것이 없었습니다. 문제는 밥을 짓는 것이었습니다.

쌀을 씻어서 밥솥에 안치기만 하면 알아서 해주는 전기밥솥이 있다면 그리 문제될 게 없겠지만 이곳에서는 냄비에다가 밥을 해야 했습니다. 장작을 떼서 밥을 안 하는 것만 해도 다행이지만 냄비에 밥을 하는 건 아무래도 생소합니다.

먼저 쌀을 씻어서 냄비에 담아 둡니다. 쌀을 어느 정도 불려야 밥이 잘되기 때문입니다. 어느 정도 시간이 지난 뒤에 야외용 가스렌지에 냄비를 얹습니다. 불을 켜고 기다리면 물이 끓으면서 밥물이 넘치는데 이때 가스불의 세기를 줄여서 불꽃을 아주 작게 만듭니다. 한 20분 정도 후에 불을 완전히 끄고 조금 뜸을 들인 다음에 먹으면 된다는데 정확히 20분일지 혹은 15분일지는 그날 쌀의 상태와 양에 따라 '경험'에 의해 조절해야 합니다.

역시 저도 이 순서에 따라 밥을 지었습니다. 일단 밥물이 넘치기에 불을 줄이는 것까지는 무난하게 넘어갔습니다. 시간을 확인하고 지인과 모닥불을 앞에 놓고 두런두런 이야기를 나누었습니다. 20분쯤 지나서 밥을 확인하러 갔는데 약간 냄새가 이상했습니다. 아무래도 밥이 탄 것이 틀림없었습니다. 급히 불을 끄고 혹시 몰라서 뚜껑을 열지 않고 뜸을 들였습니다. 배가 고픈 건 아니었지만 내가 맡은 일을 제대로 못 해냈단 생각에 난감함이 밀려들었죠.

이윽고 저녁시간이 되었습니다. 지인의 가족과 우리 가족이 모두 모였습니다. 그깟 밥이 뭐라고 괜스레 가슴이 두근두근 뛰었습니다. 세종대왕은 '백성에게 밥은 하늘이다' 라고 했다는데 내 기분이 마치 그랬습니다. 뚜껑을 열었습니다. 혹시나 하고 기대를 했지만 역시나 밥은 탔습니다. 그것도 아래쪽은 약간 검은 빛이 돌 정도로 탔습니다.

미안한 마음에 먹을 만한 위쪽 밥을 퍼서 사람들을 주고 난 아래쪽 탄 밥을 먹기로 했습니다. 아래쪽 밥을 푸니 누룽지와 함께 약간 거뭇거뭇한 재 비슷한 것도 조금 딸려 올라왔습

어느새 마음의 불을 조절해야 할 나이

니다.

탄 냄새가 나기는 하지만 못 먹을 정도는 아니라고 다들 위안을 해주며 잘 먹었습니다. 하지만 탄 밥이 같이 딸려 올라온 내 밥은 씁쓸했습니다. 분명히 말해준 대로 20분 있다가 불을 껐는데 왜 밥이 탔을까? 지인은 말했습니다.

"아마, 불을 좀 덜 줄인 것 같아. 아주 낮춰야 하거든."

그러고 보니 밥물이 넘칠 때 아주 잠시 그런 생각을 했던 것 같습니다. 혹시라도 밥이 안 될까 봐 가장 작은 불보다는 조금 큰 불이 낫겠지, 하는 생각을 말입니다.

이제 충분히 욕심을 버릴 나이가 되었는데도 나도 모르게 욕심이 조금씩 살아나나 봅니다.

무엇이든 재가 되면 씁쓸한 맛을 띱니다. 작은 일이라도 욕심이 관여하면 그 뒷맛이 씁쓸해지리란 것을 알려주기 위함일까요? 예로부터 각오를 다질 때는 쓴 것을 먹었습니다. 중국 고전 '사기'에 나오는 월나라의 왕 구천이 복수의 마음을 잊지 않기 위해 쓸개를 핥았다고 해서 와신상담의 일화가 생겼죠.

유혹에 흔들리지 않는다는 불혹을 넘은 지 한참이 지났지

만 사소한 욕심이 발목을 잡는 현실을 통감하며, 씁쓸한 밥을
입에 한 입 넣어봅니다.

욕심, 조금 더 버려야 하나 봅니다.

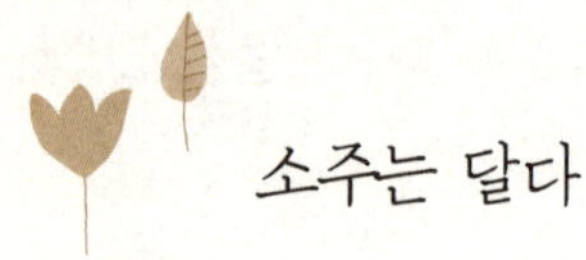

소주는 달다

뉴스를 보니 요즘 대학교 캠퍼스 안에 스타벅스나 까페베네 같은 커피 전문점은 물론 맥도날드나 버거킹, 피자헛, KFC 같은 유명 브랜드가 다 입점해 있다고 합니다. 학교에서는 건물 임대료 덕분에 학교 재정에 도움이 된다고 하고, 학생들은 입맛에 따라 골라 먹을 수 있으니 좋다고도 하는데, 저는 왠지 학교에 낭만이 사라진 느낌이 듭니다.

이전 학교의 풍경 속에는 브랜드가 없었습니다. 잔디밭에 둘러 앉아 상표도 없는 막걸리 통을 앞에 두고 노래하며 술 한잔하는 게 대학생의 문화였습니다. 지금은 막걸리가 젊음을 상징하는 술이 아니었지만, 그 당시의 대학생에게 막걸리는 젊음의 술이었습니다. 맥주도 역시 한 자리를 차지하기는 했지만 일반적인 술은 아니고 '고품격' 술이었죠.

시간이 조금 흐르고 나면 고품격 술이었던 맥주가 대학가를 휩쓸게 됩니다. 막걸리는 냄새 나는 술이 되었고, 맥주가 깔끔한 대학생에 어울리는 술로 대접받았습니다. 그 현상은 지금도 계속되는 것 같습니다. 더욱 고급스러워져서 와인이 끼어들기도 하지만 대세는 맥주인 듯합니다.

대세가 막걸리에서 맥주로 넘어가는 와중에서도 언제나 한 자리를 차지하고 있던 술이 있습니다. 바로 소주입니다. 소주가 대세였던 적은 없지만 언제나 그 자리에 있었습니다. 세파를 모두 헤치고 결국 나이가 들면 소주로 회귀하게 하는 힘을 가지고 말이죠.

소주는 호불호가 갈리기는 하지만 우리나라 사람들이 가장 좋아하는 술입니다. 특히 젊음의 시절을 지나 중년이 되면 모두가 소주로 회귀합니다. 연어가 고향을 찾듯이 말입니다. 중년의 회식 자리는 당연히 소주입니다. 삼겹살, 김치찌개, 곱창, 포장마차, 회 등 무엇을 먹든 그 옆자리는 소주가 차지합니다.

젊은 여직원들은 앞에서 말은 못해도 뒤에서 많이 수군거

릴 것입니다.

"또 소주야? 적당히 패밀리 레스토랑에서 맥주 한잔하면서 저녁 먹고 들어가면 좋을 텐데, 다음날 머리 아프다고 난리 치면서 왜 꼭 소주를 마시고 그래?"

"맞아. 난 그 술집 냄새도 싫어."

들어보지는 못했지만 아마도 이런 대화가 오고가지 않았을까 합니다. 남자 상사가, 특히 중년의 남자 상사가 패밀리 레스토랑에 가지 않는 이유는, 그곳의 음식이 맛이 없어서도 느끼해서도 아닙니다. 단지 소주가 없기 때문입니다. 여직원들에게 약간의 팁을 주자면 회식 때가 되면 자리를 예약하겠다고 선수를 치시기 바랍니다. 그리고 한번 찾아보세요. 매우 깔끔하면서 소주도 먹을 수 있는 집을. 요즘에는 카페처럼 깔끔하게 꾸미고 안주도 패밀리 레스토랑처럼 고급스럽게 나오는 술집도 아주 많이 있습니다. 처음에 그 집에 발을 들여 놓을 때 상사는 떨떠름하게 생각할 것입니다. 그들은 부정하겠지만 상사의 머릿속에서는 '이런 집에서 무슨 회식이야? 소주나 팔겠어? 빨리 먹고 나가자고 해야지' 하는 생각이 들어 있습니다. 이때 여직원이 먼저 안주와 술을 주문하세요. 단, 소주는 제일 나중에 주문해야 합니다. 반전을 노려야 하니까요.

"저…… 카르보나라 치킨하고 맥주 주시고요."

이때 상사를 한 번 돌아봅니다. 여전히 얼굴을 찌푸리고 있을 것입니다.

"부장님은 소주 좋아하시죠? 제가 다 알아왔어요" 하며 주문을 계속하세요.

"소주 하고, 얼큰한 해물짬뽕탕 주세요."

아마도 이 부분에서 상사의 얼굴이 환하게 펴졌을 것입니다. 아마도 소주 한 병 덕분에 대우를 받았다는 생각을 할 것입니다. 평소에는 당연히 먹던 것이라도, 색다른 분위기, 그것도 소주를 못 먹을 것 같았던 분위기에서 소주를 챙겨주는 부하 직원이 예쁘지 않을 리 없습니다. 대우를 받았다는 뿌듯함에 상사는 '이런 분위기도 참 좋구나' 하는 생각을 하게 됩니다. 한마디로 마음이 넓어지는 것이죠. 다음에도 장소 섭외를 맡기려 할 것이고 가끔은 소주가 없는 자리도 즐기게 될 것입니다. 대우 혹은 존중에 맛을 들이면 소주란 게 아무것도 아니기 때문이죠.

우스개처럼 한 말이지만 이 이야기 속에 왜 중년들이 그렇게 씁쓸한 소주에 탐닉할까를 알려주는 힌트가 숨어 있습니다.

술은 추억을 열어주는 열쇠

중년이 되면 소주는 더 이상 그냥 술이 아닙니다. 소주는 그야말로 중년의 인생 그 자체가 되어버립니다. 중년쯤 되면 더 고급스러운 술을 마실 여유는 있습니다. 그러나 다른 술은 중년의 인생과 동떨어진 맛입니다. 적당히 씁쓸해서 인생을 회고할 수 있어야 하고 적당히 알코올 함유량이 높아서 회고한 인생을 다시 잊게 해주거나 희화해 줄 수 있어야 합니다.

소주만큼 그 정도가 정확하게 맞는 술은 없습니다. 어떤 술은 인생을 회고하기엔 너무 단맛이 납니다. 단맛은 일명 행복 호르몬이라고 하는 세르토닌의 분비를 촉진합니다. 한마디로 말하자면 중년의 인생을 회고하기에는 너무 즐거운 술입니다. 또 어떤 술은 알코올 함유량이 많아서 인생을 회고하는 시간을 뛰어 넘어 망각의 상태로 들어가게 합니다.

소주를 마시며 중년은 인생을 이야기합니다. 듣는 사람은 아주 고통스럽겠지만 고생했던 이야기, 즐거웠던 이야기 혹은 아무것도 아니었던 이야기를 반복합니다. 어느 정도 술이 들어가면 인생을 조금 잊거나 웃음으로 희화해 버립니다. 고생했던 기억마저도 웃음이 됩니다. 그정도로 말할 만한 인생이 쌓여 있고 게다가 앞으로도 가야 할 인생이 많이 남아 있는 중년이기에 회고와 망각과 희화를 반복합니다.

중년이 소주를 마시며 인생을 곱씹고 잊는 과정을 되풀이하는 이유를 다른 말로 표현하자면, 그들에게는 위로가 필요합니다.

"그런 인생을 살아왔구나. 잘 살아왔다. 앞으로도 잘 살 것이다."

회사의 회식 사례에서 말했습니다. 대우를 해주면 상사에게 소주는 필요없다고 말입니다. 대우를 받고 있는데 굳이 인생을 되풀이하며 한탄할 필요는 없지요. 마찬가지로 위로를 받으면 중년에게 소주는 필요 없습니다.

어느 누구의 인생이든지 인생에 점수를 매길 수는 없습니다. 어느 누구든지 남의 인생을 평가할 수는 없습니다. 스스로의 인생은 스스로 평가할 뿐입니다.

하지만 앞으로 나가, 내가 가는 곳이 길이다.

봄여름가을겨울의 '브라보 마이 라이프' 가사 중 일부입니다. 어떤 선택을 하든, 어떤 선택을 해왔든 그것이 바로 인생이고 인생에서 경중은 없습니다. 대통령의 꿈이 청소부의 꿈보다 높지 않으며, 중년의 꿈이 소년의 꿈보다 낮은 것이 아닙니다.

소주는 쓸쓸하지만 거기에 설탕이 살짝 가미되어 뒷맛을 마감해주듯이, 인생에서 위로를 얻을 곳은 많이 널려 있습니다.

이 책을 읽는 중년이시여, 부디 위로를 소주에서만 찾지 않으시기를.

당신이 밟고 있는 그 길이 올바른 길이기에…….

4장

짠맛

소금이 필요해

건강에 관심이 많은 분들이라면 소금 섭취량에 신경을 많이 쓰실 것입니다. 마치 소금이 만병의 근원인 듯 텔레비전에서 계속 이야기하기 때문이고 사실 어느 정도는 맞는 말입니다. 비만과 성인병의 원인 중 상당히 많은 부분을 소금, 정확히는 나트륨이 차지하고 있으니 말이죠.

그런데 또한 소금이 부족하면 우리는 목숨을 부지할 수 없습니다. 나트륨이 부족하면 혈액량이 감소하고, 두통에 탈수 증상, 현기증이 생깁니다. 심할 경우 발작을 일으키고, 환각을 보다가 의식을 잃고 맙니다. 이 기간이 지속될 경우 목숨까지 잃을 수 있습니다.

지금 대한민국은 고령 사회로 향하고 있습니다. 우리나라는 2000년에 65세 이상 인구가 전체 인구의 7퍼센트를 넘어서서 고령화 사회에 접어들었고, 2022년에는 14퍼센트를 넘어 고령사회에 진입할 것으로 예상되고 있습니다.

또 국가의 노령화를 계측하는 단위로 노령화지수란 것이 있습니다. 노령화지수는 (65세 이상 인구/0~14세 인구)×100으로서 14세 이하 인구를 65세 이상 인구로 대비하여 그 비율을 측정한 것입니다. 노령화지수가 30이라는 의미는 유년인구(14세 이하 인구) 100명당 노인인구(65세 이상 인구)가 30명이라는 말입니다. 이 지수가 1960년에는 6.9였습니다. 즉 간단하게 말하면 14세 이하가 65세 이상보다 약 15배 정도 많았다는 소리입니다. 그러던 것이 약 50년이 지난 현재는 70선을 돌파했습니다. 이제는 65세 이상보다 14세 이하가 약간 많다는 이야기입니다.

분명 그리 발전적이지 못한 상태인 것만은 맞습니다. 하지만 이 수치적인 통계를 보고 있자면 노년이 마치 잘못을 저지른 것처럼 보입니다. 노년은 죄가 없습니다. 그들은 열심히 인생을 살았고 예전만큼 활발한 경제활동을 하지는 못하지만 현재도 또한 그들의 인생을 살고 있을 뿐입니다.

사회적 문제를 한 계층의 잘못으로 몰아가는 건 크나큰 비극을 낳을 수 있는 발상입니다. 노년은 문제가 있는 나이가 아니라 아름다운 나이입니다.

노년은 소금과 같습니다. 너무 많으면 성인병과 같은 문제를 일으킬 수도 있지만, 없으면 인간의 기능이 정지합니다. 국가도 마찬가지입니다. 이들 노년의 경험과 삶에 대한 지식이 없다면 국가의 기능이 갑자기 정지되더라도 하등 이상할 게 없습니다.

예전부터 한 집안의 맛을 결정하는 것은 장맛이라고 했습니다. 장독대에 된장과 간장을 마련해두고 각 집안마다 고유의 맛을 냈습니다. 한 집안의 맛을 결정하는 게 장맛이라면 그 장맛을 결정하는 사람은 집안의 어르신이었습니다. 적절한 간을 맞춰야 장이 오래 보관되고 맛도 좋습니다. 간이란 바로 소금 함유율입니다. 요즘은 대부분 공장에서 만든 장을 사 먹습니다. 장을 만드는 공장에 가면 일정한 맛을 내기 위해 염도측정기를 사용하는데, 집안의 독특한 맛을 만드는 어른신의 입맛과 손맛은 염도측정기로도 정확히 알 수 없습니다. 이것을 다른 말로 경험이라고 합니다.

우리 인간은 경험 없이는 발전할 수 없었습니다. 우리가 알고 있는 모든 지식은 경험의 대물림입니다. 100년 전 사람은 스마트폰이 없었으니 지금보다 무식했던 걸까요? 그 당시 사람들은 무식했던 게 아니라 경험의 퇴적이 아직 부족했던 것 뿐이고, 그 시대 사람들의 경험 덕분에 우리가 새로운 시대를 맞게 된 것입니다. 1876년 그레이엄 벨이 전화기를 발명했고, 이후 소리를 전달할 수 있으면 영상도 전달할 수 있지 않을까 생각하여 텔레비전이 태어났습니다. 거기에 선을 없앤다는 발상이 더해져 휴대전화기가 태어나고, 컴퓨터의 기술을 합해 스마트폰까지 발전했습니다. 경험의 축적은 새로운 경험을 가속합니다.

노년은 이미 그들의 경험을 사회에 축적해 주었으며 앞으로도 축적할 수 있습니다. 감히 노령화 사회라는 말로 노년을 문제적 존재로 생각하는 과오를 저지르지 말아야 합니다.

노년은 소금입니다. 절대로 없어서는 안 되는 존재이며 한 개인의 인생에 있어서도 가장 밝은 순간입니다. 유년, 청년, 중년의 경험을 모두 축적한 깨달음의 존재이기 때문입니다.

군대에서도 팔을 걷어붙이고 나서면 가장 일을 잘하는 존재들이 병장입니다. 말년 병장이라고 구석에 누워서 딩굴거리다가도 가장 많은 경험을 가지고 있기 때문에 어떤 일을 맡

노년은 세상의 소금,
많아도 문제지만 없는 것은 더 문제

기면 매우 잘합니다. 노년도 마찬가지입니다. 인생의 뒤안길을 준비하기에는 너무 이릅니다. 병장처럼 경험을 전수해주고 또한 경험을 발휘해서 스스로 소금과 같은 존재임을 세상에 알려야 합니다.

그렇게 된다면 고령사회는 문제가 아니라 축복이 될 것입니다.

라면에 스프 넣기

"무슨 요리를 평소 잘하세요?"

"요리 잘 못하는데요. 라면 하나는 잘 끓여요."

"라면도 요리인가요?"

객석에서 웃음이 흘러나옵니다. 한 텔레비전 토크쇼의 한 장면입니다.

우리나라 사람들이 요리를 할 줄 몰라도 굶지 않게 만드는데 상당히 많은 부분을 기여한 음식이 라면입니다. 물만 끓일 줄 알면 매우 맛있고 그럴듯한 요리가 완성됩니다.

우리나라 사람들의 라면 사랑은 참 대단합니다. 세계에서 라면을 가장 많이 먹는 나라는 중국입니다. 일 년에 440억

3000만 개를 소비합니다. 반면 우리나라는 35억2000만 개로 중국의 십분의 일에도 미치지 못합니다. 그런데 이 수치를 인구수로 나누어 보면 이야기가 달라집니다.

우리나라 사람들은 일 인당 연간 72.4개의 라면을 먹습니다. 국민 모두가 5일에 한 번은 라면을 먹는다는 이야기입니다. 우리나라 국민 전부가 라면을 먹는 것은 아니니까 실제로 라면을 먹는 사람에게만 범위를 한정한다면 이보다 훨씬 자주 라면을 먹는다는 결과가 나옵니다.

이처럼 국민이 사랑하는 라면이지만 작은 문제점이 있습니다. 간혹 라면을 먹는 건 괜찮지만 자주 먹을 경우 영양적 불균형이 올 수 있고 나트륨 과다 섭취를 할 수 있다는 점입니다.

라면의 대부분은 탄수화물과 지방으로 구성되어 있어 단백질과 비타민 등은 다른 음식으로 섭취를 해줘야 합니다. 라면에 계란을 많이 넣어 먹는데, 단백질이 부족한 라면을 보충할 음식으로 매우 훌륭합니다.

저도 간혹 라면을 끓여 먹는데 라면을 먹을 때마다. 라면 봉투에 적혀 있는 권장 나트륨 섭취량이 신경 쓰입니다. 한 봉지에 권장 섭취량의 97퍼센트에 해당하는 나트륨이 포함되어 있습니다. 라면 하나를 먹고 나면 그날은 하루 종일 나트륨을 먹지 말아야 한다는 계산이 섭니다.

하지만 그것은 불가능합니다. 짠맛이 나지 않더라도 거의 모든 음식에는 나트륨이 포함되어 있습니다. 소금으로 간을 하지 않아도 재료 고유의 나트륨이 존재합니다.

라면은 아이들도 좋아하는데, 보통 한 그릇은 너끈히 비웁니다. 그런데 몸무게가 성인의 절반밖에 안 되는 아이들은 권장 나트륨 섭취량도 절반으로 줄여야 합니다. 아이들이 먹는 라면에는 스프를 반만 넣어야 한다는 말입니다. 물의 양은 그대로 두고 스프를 절반만 넣는다면 싱겁다고 투정을 부리겠지만 말입니다.

권장 나트륨 섭취량은 몸무게를 기준으로 해서 조절해야 하는데, 과연 노년의 기준은 무엇일까요? 무엇을 기준으로 노년을 나눌 수 있을까요?

최근 자료를 보니 65세를 기준으로 해서 노년으로 분류를 하던데 그 분류가 과연 맞는 것일까요? 그리고 그 분류를 우리가 수용해야 할까요?

유년과 청년의 차이는 정확하게 나눌 수 있습니다. 몸의 성장이 완전히 이루어지지 않았을 때까지의 시기를 유년으로 정하면 됩니다. 청년과 중년의 경계는 조금 애매합니다. 대략

40세를 전후로 해서 청년과 중년으로 나누는데 중년이 인생의 중반기에 왔다는 뜻이므로, 중반기를 길게 잡느냐 짧게 잡느냐 정도에서 해석이 가능하리라 봅니다.

이제 노년이 남았습니다. 중년과 노년의 경계는 무엇을 기준으로 삼아야 할까요? 흰머리가 나는 나이가 노년일까요? 아니면 허리가 굽기 시작하면 노년이라고 봐야 할까요? 아니면 의사가 더 이상 생식 기능을 할 수 없다고 판단을 내리면 노년으로 봐야 할까요?

사회에서는 자기들 마음대로 노년을 65세로 정해놓고 경제적 활동을 할 수 없는 나이라고 치부해 버립니다. 회사의 정년퇴직 연령도 마찬가지로 정해집니다. 개인에게 일을 더 할 수 있는지 여부를 물어보는 경우는 거의 없습니다. 라면 스프를 넣을 때도 개인에게 맞춰 좀 덜 넣든지 더 넣든지 할 수 있는데 말이죠.

우리나라의 평균수명은 여성 84세, 남성 77세입니다. 이 정도면 100세 시대에 접어들었다고 봐야 합니다. 평균수명은 사고사나 병사, 출생 후 사망 등 상당히 이른 시간에 세상을 뜬 사람까지 모두 포함해 계산하기 때문에, 교통사고를 당하거나 하는 재해를 만나지 않는다면 인간의 수명은 거의 100

세에 육박했다고 보는 게 타당합니다.

노년이라고 말하는 65세부터 100세까지는 35년이라는 기나긴 시간이 있습니다. 35년 동안 어떤 인생을 설계하느냐가 요즘 사회적 문제이고, 이 문제에 초점을 맞춘 여러 해결 방안을 내놓고 있습니다. 일명 노년 문제라고 합니다.

경제인구가 비경제인구를 먹여 살려야 하는데, 비경제인구가 너무 늘어나서 문제라고도 말합니다. 여기서 경제인구는 청년과 중년층을 이야기하고 비경제인구는 노년층을 말하는 것입니다.

요즘 대학생들은 일명 스펙 쌓기를 필수로 받아들이고 있습니다. 대학교에서의 공부는 그저 학점을 높이기 위해 하는 공부일 뿐이고 회사에 입사하기 위해서는 다른 조건이 필요하다고 믿는 것입니다. 중간에 일이 년씩 휴학하면서 해외 어학연수를 다녀오고, 봉사활동을 합니다. 통섭형 인간이 주목을 받는다고 하면 대학교를 졸업하고 바로 취업에 뛰어드는 것이 아니라 대학원을 다니며 다른 전공을 공부해서 석사학위까지 취득합니다.

남자는 군대를 갔다 와야 하니 사회에 나가는 나이는 점점 많아집니다. 인턴 몇 번 하고 나면 서른은 되어야 정상적인

남이야 어떻게 먹든!

경제활동을 할 수 있을 것입니다. 서른부터 일반회사의 정년 퇴직 나이인 55세까지 일을 한다고 보면 약 25년인데, 25년 동안 경제활동을 하는 인구가 35년간 아무 일도 하지 않는 인구를 먹여 살려야 한다고 하니, 이치가 전혀 맞지 않습니다.

제도를 보완한다는 둥, 출산율을 높인다는 둥 말들이 많지만 가장 근본적인 방안은 의식을 바꾸는 것입니다. 노년을 정하는 기준을 수치로 하지 말로 개인의 의사로 결정하도록 해야 합니다.

인생은 십진수가 아닙니다. 64세까지 마라톤을 할 정도로 건강했던 사람이 65세가 되면 갑자기 걷기 불편해지지 않습니다. 59세 때 검었던 머리가 60세가 되면 하얗게 변하지 않습니다.

사회적으로, 또한 개인적으로 노년이라는 의식 자체를 없애야 합니다. 노년은 사회적으로 주어지는 게 아니라 개인의 선택이 되어야 합니다.

공기업의 퇴직연령을 1세 높이느냐 마느냐를 가지고 논란이 일기도 합니다. 개인회사도 마찬가지입니다. 100세 시대에 55세 퇴직은 가혹하다며 연령을 높이는 분위기를 만들어가고 있습니다. 하지만 제도적 보완은 문제를 잠시 미루는 것에 불과합니다. 100세 시대에 정해둔 규칙은 120세 시대가 오면 다시 문제를 일으킵니다. 게다가 조금 전 이야기했듯이 인생은 십진수가 아닙니다. 올해 100세 시대를 대비한다면 내년에는 101세 시대를 대비해야 하고 몇 개월 후에는 102세 시대를 대비해야 할 것입니다.

근본적인 해결책은 노년을 개인이 선택하도록 하는 것입니다. 더 이상 일할 의지가 없거나 육체적으로 불가능해질 때 노년이라 판정하고 한발 뒤로 물러나면 됩니다. 회사 입장에서도 마찬가지입니다. 정년이나 구조조정의 초점을 나이에 맞추지 말고 능력에 맞추면 간단하게 모든 일이 해결됩니다. 사회적 기업이 아닌 이상 회사는 철저히 이익 집단입니다. 이익을 발생시키지 못하는 인원을 계속 데리고 있을 수는 없습니다. 만약 그런 순간이 온다면 나이가 아니라 능력에 초점을 맞춰 인원을 정리하는 게 맞습니다. 설령 나이가 80이 넘었더라도 그의 경험과 능력이 회사에 도움이 된다면 해고를 할 이유가 전혀 없습니다.

사회적 의식 변화 못지 않게 개인적 의식 변화를 해야 합니다. '이 나이에 무슨'이라는 생각을 빨리 접어야 합니다. 60세가 넘으면 대중교통 수단에서 자리를 양보받아야 하고, 젊은 사람들이 일할 때 느긋하게 뒤에서 팔짱 끼고 있으면 된다는 생각을 버려야 합니다.

어느 정도 나이가 들면 지금까지의 생을 정리하고 여유롭게 살아간다고 말하는 분들이 꽤 있습니다. 생은 정리할 수 없습니다. 지금까지 살아온 생은 그 자체로 독립적입니다. 그 생들이 쌓여 현재의 생이 있는 것이고 앞으로의 생이 있는 것입니다. 미래를 만들어 가야겠다는 생각 대신 정리하겠다는 생각이 머릿속에 들어왔을 때 노년은 찾아옵니다.

라면 봉투에 적혀 있는 권장 나트륨 섭취량에 상관없이 아이에게 라면 스프를 반 개만 넣어주듯이, 노년은 개인의 선택 문제일 뿐입니다.

짜지 않은 간장게장

신사동 골목에는 유명한 간장게장 골목이 있습니다. 가격도 만만치 않습니다. 1인분에 3만 원이 훌쩍 넘어가기도 합니다. 그래도 사람들은 줄을 서서 먹고 있습니다. 다들 밥도둑이라며 밥을 두세 그릇씩 비워냅니다. 사실 밥도둑은 맞습니다. 짜니까요. 짠 음식을 먹으면 당연히 밥이 많이 들어가지요.

사실 간장게장을 잘하는 집의 게장은 짜지 않습니다. 아이러니랄까요? 간장이라는 말이 음식 앞에 붙을 정도로 짠 음식이 간장게장이란 것을 모두 알고 있지만 그중 짜지 않은 것을 골라 먹으려 한다니 말이죠.

서천 지방을 돌다가 보면 간장게장 집이 많이 있습니다. 꽃
게보다는 돌게로 담은 돌게장이 유명하지요. 친구와 서천 지
방을 한바퀴 돌던 차에 배가 고파져서 그 지방에 유명한 간장
게장 집으로 가자고 했습니다. 하지만 친구는 유명한 집은 지
방의 맛이 아니라며 동네 사람들이 자주 가는 집을 가야 한다
고 우겼습니다.

그 말이 맞는 것 같아서 주차장이 넓은 유명 음식점을 그냥
지나쳐서 동네 사람들이 자주 갈 만한 집을 찾아 나섰습니다.
문제는 그 동네 사람이 아닌 다음에야 동네 사람이 자주 가는
집을 찾을 수 없다는 것이었습니다.

차를 타고 몇 번을 왔다 갔다 했지만 겉만 보고는 노저히
알 수 없는 노릇이었습니다. 여자들이 왜 남자들은 길을 물어
보지 않느냐며 이상하다고 말들을 하죠? 우리가 딱 그 모양
새였습니다. 동네 사람에게 물어보면 될 것을 직접 찾겠다며
고집을 부리다가 같은 지역을 뱅뱅 돌며 한 시간을 넘겼습
니다.

식당을 찾아다니기 전에는 배가 고프지 않았는데, 막상 돌
아다니기 시작하니까 배가 참을 수 없이 고파졌습니다. 운전
대를 잡은 친구는 여전히 동네 사람에게는 물어볼 마음이 없

는 것 같았습니다. 배가 고파진 저는 더 이상 참지 못하고 지나가는 동네 사람에게 물어보았습니다.

"이 동네에 간장게장 잘하는 집이 어디에요?"

"요 언덕 넘어가면 OO라고 있는데 거기가 맛있지요."

친구와 나는 잠시 서로 얼굴만 쳐다보았습니다. OO는 바로 그 주차장 넓은 유명 음식점이었기 때문입니다. 유명 음식점은 안 간다고 고집을 부리던 친구는 머쓱했는지 운전대를 다시 잡고는 말했습니다.

"원래 유명한 식당은 다 그런 거야. 동네 사람들이 많이 오니까 유명해지고 그러다 보니 전국에서 사람이 몰리는 거지. 그러니까 동네 사람들이 가는 식당이 유명 식당인 거야."

친구의 말 같지 않은 변명을 뒤로 하고 다시 발길을 돌려 찾아간 음식점 주차장은 한가했습니다. 어느덧 세 시가 다 되어가고 있어서 점심 손님이 모두 빠져나간 것입니다. 우리는 주린 배를 부여잡고 간장게장 백반을 시켰습니다. 신사동에 비해 값은 많이 저렴했습니다. 작은 돌게로 만든 게장이라 게 자체는 먹을 게 별로 없었습니다. 그런데 배가 고픈 때문이었는지 정말 게장 맛이 꿀맛이었습니다. 게보다는 간장 맛이 일품이었는데 밥에 비벼 먹어도 좋았고, 그냥 수저로 떠 먹어도 맛있었습니다.

짭짜름한 맛 속에 게의 달달한 맛이 섞여서 입 속으로 들어왔습니다. 왜 그리 사람이 많은지 알 것 같은 그런 맛이었습니다.

밥을 한 그릇 더 시켜 먹는데 밥을 가져다주시는 분의 연세가 꽤 많아 보였습니다. 아무래도 느낌이 음식점 주인인 듯해서 염치 불구하고 물어보았습니다.

"간장이 정말 맛있네요. 뭘 넣어서 이런 맛이 나나요?"

주인은 별로 감추는 것도 없이 비결을 말해 주었습니다.

"넣기는 뭘 넣어? 덜 넣어야지."

좋은 맛을 내기 위해 새로운 것을 넣기보다 간장을 조금 줄여서 짠 맛을 잡았다는 뜻이었습니다.

배 불리 밥을 먹고 돌아오는 길에 음식점 주인의 말을 다시 곱씹어 보았습니다. 그 말에는 엄청난 삶의 지혜가 들어 있었습니다.

짠맛은 모든 맛 중에 가장 중요한 맛입니다. 짠맛이 없으면 맛이 없습니다. 그냥 맛이 없는 정도가 아니라 무미(無味) 그 자체입니다. 그래서 모든 음식에는 소금이 들어갑니다. 또한 짠맛이 과다하면 그 음식은 더 이상 음식이 아니게 됩니다.

신 음식이나 단 음식은 그 맛이 조금 과다하더라도 쉽게 받아들이고 먹는데 비해서 짠맛이 과다하면 그 음식은 더 이상 먹을 수 없습니다. 게다가 짠맛이 강하면 다른 맛을 느낄 수도 없습니다. 그래서 짠맛은 적당히 넣어야 합니다.

인생에서 많은 경험을 쌓은 노년도 마찬가지입니다. 노년의 경험은 맛을 완전히 머금고 있는 간장게장이나 젓갈처럼 압축된 지혜입니다. 그래서 그 자체로도 매우 훌륭한 내용을 담고 있지만, 과다하면 다른 맛을 죽입니다.

우리는 흔히 나이가 어린 사람들이 배려가 없다고 생각하지만, 실제로 보면 그들이 배려가 없는 것이 아니라, 노년 혹은 기성세대가 그들의 말을 받아들일 준비가 되어 있지 않을 때가 많습니다. 경험이 많다는 이유로, 나이가 많다는 이유로 새로운 사상과 생각을 받아들이지 않고, 나이 많은 사람의 말을 듣지 않는다며 젊은 사람들 탓만 합니다.

노년은 진한 맛을 담고 있습니다. 그러므로 더욱 배려해야 합니다. 생각의 문을 닫으면 너무 짜서 버리는 음식이 됩니다. 시대가 많이 변하고 있습니다. 농업사회였을 때는 노인의 경험이 무엇보다 크나큰 재산이었습니다. 가뭄이 들었을 때 어떻게 해야 하는지, 병충해가 들었을 때 어떻게 해야 하는지

마음에 빈 자리가 필요할 때

등 그 지역에서 모든 일을 보고 겪었던 어른에게 물어보면 답이 나왔습니다. 그래서 대접을 받을 수 있었고 젊은 사람들은 노년의 말을 경청했습니다. 시대의 변화가 지금처럼 빠르지 않았기 때문에 노년의 경험은 당면한 문제와 별반 다르지 않았습니다. 하지만 지금은 그렇지 않습니다. 세상의 변화가 너무나 빨라졌습니다. 어제의 경험이 오늘의 지혜와 바로 연결되지 않는 세상입니다. 젊은 사람들이 노년에게 질문을 하면 대답을 해주기 쉽지 않습니다.

그러나 그 경험들이 모두 쓸모없는 게 아닙니다. 노년은 경험을 통해 세상을 좀 더 정밀하고 정확하게 바라보는 눈을 얻었습니다. 그 눈을 가지고 변화하는 현재를 더욱 적극적으로 받아들인다면 세상이 더욱 환하게 보일 것입니다.

노년을 위한 전화기가 나왔다는 이야기를 들어보았을 것입니다. 최신 스마트폰의 기능은 점점 다양해지고 스마트폰 하나만 가지고 있어도 세상 돌아가는 일을 모두 알 수 있을 정도가 되었는데, 노년에게는 오히려 기능을 줄인 전화기를 판매하고 있습니다.

뭔가 이상하지 않습니까? 경험 많고 지혜가 있는 분들에게는 오히려 단순한 것을 주어야 한다니 말입니다. 연세가 좀 있으신 분에게 스마트폰 사용법을 알려드리면 대부분은 이렇게 반응하십니다.

"내가 이런 것 알아서 뭐해? 전화 받는 것하고 메시지 보내는 것만 알려줘."

이분들은 나이가 많아서 스마트폰 사용법을 못 배우는 게 아니라, 이런 것쯤 몰라도 사는 데 아무 지장도 없다는 생각이 머리를 지배하고 있기 때문에 배우지 않는 것입니다. 못 배운다와 안 배운다는 많은 차이점이 있습니다.

소설가인 이외수 작가는 지금도 인터넷 세상에서 트위터를 통해 대중들과 대화를 하고 있습니다. 이외수 작가는 1946년생으로 우리 나이로 68세입니다. 이외수 작가가 이렇게 할 수 있는 이유는 새로운 것에 대한 관용 때문입니다. 마음을 열고 새로운 것을 받아들였기 때문에 젊은 사람들과 호흡을 할 수 있는 것입니다.

내 마음을 열고 '배려' 하면 모두가 어울려 즐거운 소리를 낼 수 있습니다. 혹시 아이스크림에 소금을 조금 뿌려서 먹어 본 적이 있는지요? 아직 경험이 없다면 한번 해보시기 바랍니다. 아마도 그 달콤함에 깜짝 놀랄 것입니다.

적당한 소금은 이렇게 다른 맛을 살려주는 역할을 합니다.

간장을 줄여서 다른 맛을 살려낸 간장게장 식당의 주인처럼, 배려의 맛을 낸다면 노년은 개인뿐 아니라 주변 모두에게 가장 아름다운 인생을 선물하는 시기가 될 것입니다.

배려의 맛을 낸다면 노년은 주변 모두에게
가장 아름다운 인생을 선물하는 시기

5장

감칠맛

감칠맛도 맛인가

육개장 이야기로 시작된 삶의 이야기를 이제 마무리하려 합니다. 그 마지막 이야기는 감칠맛입니다. 사실 감칠맛이 맛인지 아닌지는 아직도 약간 논란이 있습니다. 매운맛이 맛이 아니듯, 감칠맛도 어떤 감각적 느낌이라는 의견도 있습니다.

감칠맛을 처음 발견한 사람은 일본의 이케다 기쿠나에라는 화학자입니다. 이전에도 사람들은 감칠맛이 있다는 것을 느꼈습니다. 그 실체를 잘 모르고 있었던 것뿐, 이케다 기쿠나에가 이 맛을 처음 맛본 것은 아닙니다. 이케다 기쿠나에는 이 맛의 화학적 성분을 밝혀낸 것입니다. 고기나 생선 등을 오랫동안 끓이면 이 맛이 나오는데, 이 맛의 화학적 성분을 조사해보니 글루탐산나트륨이라는 게 밝혀졌습니다.

일본의 한 회사는 글루탐산나트륨에 대한 특허를 냈고 이 물질로 조미료를 만들어서 팔았습니다. 우리나라도 이와 비슷한 미원, 미풍 등의 조미료가 나와서 널리 사용되었습니다. 감칠맛을 쉽게 낼 수 있게 되자 모든 요리에 조미료가 사용되기 시작했습니다. 김치를 담을 때도 젓갈과 함께 미원을 넣어서 감칠맛을 끌어올렸고, 각종 찌개나 볶음요리에도 빠지지 않았습니다.

'요즘 음식에서는 어머니가 해주시던 그 맛이 나지 않아' 하며 어머니의 맛을 그리워하는 분들이 많은데, 사실 어머니의 맛은 조미료의 맛이었다는 불편한 진실이 있습니다.

조미료가 몸에 좋지 않다는 논란이 지속되어 왔는데, 미국 식품의약청에서 최종적으로 조미료, 즉 우리가 흔히 MSG라고 부르는 물질이 해롭지 않다는 판정을 내렸습니다. 이에 대한 찬반은 여전히 갈려 있는데, 이 책에서 다룰 주제는 아니므로 그런 이야기가 있었다는 정도로 이해하고 넘어가면 될 것 같습니다.

이와 별개로 감칠맛이 맛이냐 아니냐의 논란은 계속되어 왔습니다. 1985년에 감칠맛이라는 용어가 정식으로 과학용

어로 등록되었고 1997년에 종지부를 찍는데 스테판 로퍼와 니루파 치우다리 부부가 쥐의 혀에서 감칠맛을 분류할 수 있는 세포를 찾아냄으로써 감칠맛은 제5의 맛으로 인정받게 되었습니다.

우리는 지금까지 유년의 맛, 청년의 맛, 중년의 맛, 노년의 맛을 차례대로 탐색했습니다. 그 모든 인생을 마무리하는 맛으로 감칠맛을 이야기하는 게 조금 부족하다고 느낄 수도 있을 것입니다.

단맛, 신맛, 쓴맛, 짠맛은 확실하게 구별할 수 있고, 나름의 독특한 영역을 구축하고 있는데, 어떤 맛인지 명확하세 실명할 수도 없는 그런 맛이 인생을 대표하는 맛이라고 하니 말이죠.

그러나 감칠맛을 설명하는 몇 가지 예를 듣고 나면 아마도 고개가 끄덕여질 것입니다.

먼저 감칠맛은 시너지 효과를 내는 맛입니다. 감칠맛은 그 자체로는 별로 맛이 없지만, 요리속에서 다른 재료와 만났을 때 효과를 발휘합니다. 멸치, 뒤포리, 다시마를 오랫동안 끓

인생은 어울리기

인 국물에 소면을 말고, 호박을 썰어 넣고, 양념장으로 간을 한 장터국수의 맛에서 느껴지는 그 감칠맛은 잊을 수 없는 맛입니다. 일본에서는 간장에 가츠오부시를 넣어서 감칠맛을 이끌어 냅니다. 감칠맛이 진하게 느껴지는 이 간장의 맛이 일본의 맛이나 다름없는, 우동과 메밀국수의 맛이 됩니다. 중국 요리에서 국물이 들어가는 요리는 대부분 닭을 삶아서 감칠맛을 이끌어낸 육수를 사용합니다.

이렇듯 요리 속에서 빛을 발하는 감칠맛은 우리 인생과 다름 없습니다. 인생이란 어울려 살아야만 '인생'입니다. 독자적으로 살 수야 있겠지만 그것은 그저 생존일 뿐, 인생이란 이름을 붙이기에는 어울리지 않습니다.

모든 맛과 함께 어울렁 더울렁 살아가라는 감칠맛은 그래서 인생의 맛입니다.

감칠맛은 뒷맛을 남깁니다. 뭐라고 딱 정의할 수는 없지만 감칠맛은 입 안에 맴돕니다. 그래서 감칠맛을 느끼고 나면 다음에 그 음식을 다시 먹고 싶어집니다. 사람도 또한 그래야 하지 않을까 싶습니다. 강한 인상을 준 것은 아니지만 한 번 만나고 나면 다시 만나고 싶은 사람이 진국일 것입니다.

아주 재미있는 사람도, 돈을 잘 쓰는 사람도 아닌데 다시 만나고 싶은 사람이 주변에 있다면 그 사람에 대해서 잘 생각해 보시기 바랍니다. 그런 사람은 필시 남의 말을 잘 들어주는 사람일 것입니다. 조용히 내 이야기를 경청해주는 사람은 왠지 모르게 다시 만나고 싶어집니다.

어떤 술자리에 가면 사방이 시끌시끌 정신이 없습니다. 모두가 자기 이야기를 하느라 정신이 없기 때문입니다. 왜 그렇게 모두 자기 이야기에 굶주려 있는지 모르겠습니다. 그 와중에 자신의 이야기보다 남의 이야기를 들어 주는 것은 인격적으로 성숙해야만 가능한 일입니다. 듣는 힘에 대한 격언은 많이 있습니다. '귀가 두 개고 입이 하나인 이유는 두 배로 들으라는 뜻이다.' '달변은 7번 듣고 3번 말한다.' 이런 아포리즘에 하나를 더 붙인다면 '인생의 감칠맛은 듣는 것'이라고 해야 할 것 같습니다.

감칠맛은 소금의 사용을 줄여줍니다. 요리의 맛을 결정하는 것은 소금의 양입니다. 간장, 된장, 고추장 등 맛을 결정하는 소스의 기본은 역시 소금입니다. 그런데 당뇨병 환자는 물론이고 성인병 예방을 위해서 소금 사용을 줄이라고 많이들

말합니다. 국물 요리가 많은 우리나라는 특히 소금 섭취가 많습니다. 국물 요리에 소금을 줄이는 방법이 감칠맛을 이용하는 것입니다. 멸치와 다시마 국물을 이용해 요리를 하면 평소보다 소금을 적게 넣어도 맛을 느낍니다. 혹은 멸치나 다시마를 갈아서 가루로 만들어서 사용해도 좋습니다.

제대로 된 인생을 사는 사람은 감칠맛처럼 남을 돕습니다. 앞으로 나서지는 않더라도 도움을 주는 일에서 기쁨을 느낍니다. 세상에는 즐거운 일이 참 많이 있습니다. 술, 담배 등 쾌락에서 즐거움을 느끼는 사람도 있고, 명품을 사며 소비에서 즐거움을 느끼는 사람도 있습니다. 스포츠 등을 하며 육체적 활동에서 즐거움을 느끼는 사람도 있습니다. 그런데 많은 사람들이 '남을 돕는 것만큼 즐거운 일은 없다'고 합니다.

아마도 아이를 키우는 부모가 되면 이 말 뜻을 잘 알 것입니다. 부모는 아이들을 위해 무엇이든 할 각오가 되어 있습니다. 비록 몸이 고되고 힘들더라도 자식이 웃는 모습을 보면 그 모든 고통이 행복으로 바뀝니다. 결국 자식을 위함은 본인을 위함과 통합니다.

남을 돕는 행동도 이와 일맥상통합니다. 도움을 받은 사람이 고마움을 표할 때나 기뻐서 미소를 지을 때, 돕는 사람은 희열을 느낍니다. 매우 건전하고 본받을 만한 희열입니다. 이런 희열을 맛보기 시작하면 자기 자신을 위해 남을 돕기 시작합니다. 이것이 제대로 사는 인생입니다.

감칠맛을 내려면 오래 우려야 합니다. 감칠맛은 쉽게 밖으로 모습을 드러내지 않습니다. 오래오래 진득하게 끓어야 진정한 맛이 밖으로 나옵니다. 그런 감칠맛을 사랑하는 우리나라의 음식은 마치 보약을 다리듯이 오래오래 끓이는 종류가 많이 있습니다. 곰탕, 삼계탕은 물론 냉면 육수도 고기를 오랫동안 끓인 후 식혀서 사용합니다. 시장에서 파는 잔치국수의 육수도 멸치를 넣고 국물이 노란빛을 띨 때까지 끓여서 만듭니다. 물론 조미료라는 편법이 있기는 하지만 예로부터 제대로된 감칠맛을 내기 위해서는 몇 시간씩 장작을 떼서 그 진액을 우려내는 방식을 사용했습니다.

인생의 진정한 맛 역시 오랜 기간 우려내야 나온다는 데서 감칠맛과의 공통점이 발견됩니다. 어떤 인생이든지 가벼운 맛을 내는 것은 없습니다. 조미료로 살짝 맛을 흉내 낸 인생이라면 곧 티가 나게 되어 있습니다. 인생이 제대로 빛을 내려면 인고의 시간을 거쳐야 합니다.

D • ALBERT DOCK • ARENA • CATHEDRALS
ARRIVA
08
Liverpool
EUROPEAN
CAPITAL OF CULTURE

영원한 맛은 인고의 맛

한 시대를 풍미했던 락그룹 비틀즈는 영국의 리버풀에서 결성했습니다. 영국의 작은 클럽에서 연주하던 비틀즈는 처음에 주목을 받지 못했습니다. 그런데 한 사업가에 의해 독일의 함부르크로 초대를 받게 됩니다. 함부르크에는 많은 클럽이 있는데 그곳에서 연주할 사람이 부족했기 때문입니다. 당시 인기도 없고, 돈도 없던 비틀즈로서는 거절할 이유가 없었습니다.

함부르크에서 비틀즈는 하루도 쉬지 않고 공연을 했습니다. 그곳에서 더 인기가 높아진 것은 아니었지만 매일 공연할 수 있는 것만으로도 다행이라고 생각했습니다. 일주일에 7일을 하루 8시간씩 술집을 돌며 연주했습니다. 비틀즈는 멤버 전원이 노래를 할 수 있다는 장점이 있습니다. 음악평론가 강헌 씨는 '한 명이 하루 8시간씩 노래하는 것은 무리였기 때문에 전원이 노래를 하게 된 건 아니었을까' 하는 추측을 하기도 했습니다.

1년6개월 동안 매일 하루 8시간씩 공연을 하다가 돌아온 비틀즈는 거짓말처럼 인기를 얻게 됩니다. 상황이 바뀐 것이라곤 이들이 엄청난 시간 동안 연주를 했었다는 것밖에 없는데 말이죠. 그 1년6개월은 비틀즈의 실력을 일취월장시켜주었습니다. 오랜 시간 솥에 넣고 끓이자 실력이 우러나기 시작한 것이죠. 이후 비틀즈는 승승장구, 인류의 역사에 남는 음악 그룹이 되었습니다.

인생은 장기전입니다. 실력을 다지고 자신을 지속적으로 갈고 닦으면, 언젠가는 그렇게 말할 수 있을 것입니다.

'참 감칠맛 나는 인생을 살았다고…….'

지금까지 맛에 대한 이야기를 했는데 혹시 이 중에 버리고 싶은 맛이 있습니까? 단맛, 신맛, 쓴맛, 짠맛 그리고 감칠맛까지 어느 한 가지도 버릴 맛은 없을 것입니다. 가끔은 써서 눈물을 흘리기도 하고, 달아서 웃기도 하고, 시어서 눈을 찡그리기도 하고, 짜서 물을 들이켜기도 했겠지만 버려야 할 맛은 없습니다. 삶이란 그렇습니다. 어느 하나도, 어느 한순간도 버릴 수 없습니다. 아무리 지우고 싶은 기억이라도 그 순간만은 지금의 나를 만들어준 소중한 삶의 일부입니다. 그리고 현재라는 시간도 마찬가지고요. 일초일초 맛을 느낄 수 있는 시간이 흘러가고 있습니다. 그리고 지금 아름다운 인생이, 살맛나는 인생이 눈앞에 펼쳐져 있습니다. 인생이라는 이름의 맛있는 요리를 즐기시기 바랍니다.

휴일
살아 있는 사람을 위한 축제
머나먼 여행
선물
다시 한 번 예
즐겨요

2부

죽음의 장

6장

죽음

휴일

누구나 마찬가지겠지만 전 휴일이 좋습니다. 휴일을 싫어하는 사람은 아마 없을 것입니다. 휴일이 좋은 이유는 무엇일까요? 주 5일 근무가 정착된 요즘에는 금요일 저녁이 아마도 가장 화려한 날일 것입니다. 오죽하면 불타는 금요일이라는 말을 줄여서 '불금'이라고 부를까요.

어느 금요일, 지인을 만나러 홍익대학교 앞을 갔었습니다. 저녁식사를 하면서 간단한 반주 한잔을 곁들이고 식당문을 열고 나오니 생각보다 시간이 꽤 지났습니다. 하늘에는 어둠이 내렸지만 젊음의 거리에는 아직 그 어둠이 내려오지 못했습니다. 휘황찬란한 불빛이 오히려 어둠을 밖으로 밀어내고 있었죠. 그 불빛을 타고 검은 물결이 거리를 일렁이게 했습니다. 모두가 사람의 머리였습니다. 시계를 보니 열 시가 조금 안 되었습니다.

"사람 참 많네."

내가 말하니 친구가 대답합니다.

"지금은 적은 거야. 열두 시가 다가오면 걸어 다닐 수 없을 정도야. 우리같이 나이 먹은 사람들이 자리를 피해줘야 할 시간이지."

나이 먹은 사람은 자리를 피해야 한다는 말은 왠지 씁쓸했지만 그 정도로 금요일을 즐기는 사람이 많다는 사실을 새삼 깨달았습니다.

그런데 사람들이 그렇게 기다리고 즐기는 금요일은 휴일이 아닙니다. 휴일이 바로 다음 날로 다가왔기에 즐거운 평일일 뿐입니다.

삶도 마찬가지입니다. 우리는 죽음을 맞은 사람에게 영원한 휴식을 취했다고 말합니다. 그저 예의를 차린 말에 지나지 않을 수도 있습니다. 실제로 죽음이 휴식일지 아닐지는 아무도 알 수 없습니다. 우리가 죽음에 대해 알고 있는, 확실한 한 가지는 5일을 열심히 일하고 나면 휴일이 찾아오듯이 누구에게나 찾아온다는 것뿐입니다.

어차피 죽음이 어떤 형태인지 모른다면, 죽음이란 인생을 열심히 살고 난 후 찾아오는 휴일이라고 가정하고 금요일 밤처럼 인생을 즐기는 것은 어떨까요? 그렇게 하지 못할 이유가 전혀 없습니다. 매일매일 즐기라는 것도 아니고 휴일이 오기 전까지만 즐기라는 것이니까요.

불교에서 죽음은 휴일 같은 것입니다. 속세의 번뇌를 모두 놔버리고 해탈의 세계로 들어가는 행위가 죽음입니다. 보람 있는 삶, 선한 삶을 산 사람은 극락정토에서 충분한 휴식을 즐기지만, 보람 없이 산 사람, 악한 삶을 산 사람은 지옥에 떨어져 고통을 당합니다. 그렇게 누구는 꿀맛 같은 휴식을, 누구는 고통의 날을 보내고 난 후 윤회에 의해 세상에 다시 나온다고 합니다.

다시 금요일 이야기로 돌아가 보겠습니다. 금요일을 가장 잘 즐기는 사람이 누구일까요? 돈이 많은 사람? 아니면 만날 친구가 많은 사람?

결과적으로 금요일을 가장 잘 즐기는 사람은 일주일을 열심히 산 사람입니다. 미래를 위해서 매일매일 열심히 공부한 학생, 직장 상사로부터 스트레스를 받으며 5일간 열심히 일

휴식은
삶 후에 찾아온다

한 회사원 등이 금요일을 가장 잘 즐깁니다. 대표적으로 금요일이라고 했지만 주말에 쉴 수 없는 자영업자들이라도 정해놓은 휴일이 있다면 그 전날을 금요일이라고 생각해도 됩니다.

그러면 반대로 누가 금요일을 즐기지 못할까요?

월요일부터 금요일까지 놀고 주말에도 또 놀아야 하는 사람은 금요일을 제대로 즐기지 못합니다. 혹시 주변에 자의든 타의든 일을 하지 않는 사람이 있다면 잘 살펴보시기 바랍니다. 매일 노는 사람은 돈이 있든 없든 매사에 큰 의욕이 없습니다. 새로운 것도 없고, 오히려 휴일이 오는 게 부담스럽습니다.

제가 아는 어떤 사람은 소금 일찍 은퇴를 했습니다. 그 부인은 교육계에서 꽤 늦은 나이까지 일하고 있습니다. 부인이 성격이 못돼서 남편을 업신여기는 것도 아닙니다. 은퇴 후 받은 퇴직금도 아직 남았고, 부인이 충분히 용돈도 주며 친구들을 만나고 다니라고 하지만 정작 남편은 친구들을 만나기 꺼려합니다. 특히 주말에 불러내면 귀찮다는 반응입니다.

"주말에 사람도 많은 데 뭐하러 돌아다녀?"

그 친구의 말입니다. 매일 쉬면서 부인이 용돈까지 주니 남들이 보면 부러워할 만한 팔자입니다만 그 친구의 얼굴에는 생기가 없습니다. 매일이 휴일인 그 친구가 불행할 이유가 있을까요? 휴일을 대비하여 보람찬 인생을 살지 않았던 것이 그 친구가 불행한 이유입니다. 지금까지 별로 이루어낸 것이 없다는 불안함, 남들은 지금도 열심히 뭔가를 이루려고 살고 있다는 부러움. 그런 것들이 은연중에 그의 마음속에 자리 잡고, 그를 더욱 그 안으로 파고들게 하는 것입니다.

내 인생에서 오늘은 무슨 요일일까요? 월요일일까요? 아니면 수요일일까요? 어떤 요일일지는 역시 모릅니다. 인생의 휴일은 언제 찾아올지 모른다는 단점이 있습니다. 그러니 오늘이 마치 금요일 저녁인 것처럼 인생을 즐겨야 하겠습니다. 혹시 보람 찬 일을 아직까지 하지 못했다고 해도 아직 시간이 있습니다. 보람 된 일을 하는 데 시간이 많이 필요한 것이 아니기 때문이지요. 보람된 일은 결과가 아니라 과정입니다. 그러니 시간은 문제가 되지 않죠.

그렇게 보람차게 평일을 보냈다면 휴일이 찾아왔을 때 편안하게 맞이할 수 있을 것입니다. 열심히 일한 회사원이 휴일을 맞이하는 게 두렵지 않은 것처럼 말이죠.

살아 있는 사람을 위한 축제

아리스토텔레스는 상례를 치르는 유일한 동물이 사람이라고 했습니다. 그런데 얼마 전 신문의 해외토픽을 보니 죽은 코끼리의 코를 꼭 붙들고 있는 다른 코끼리의 모습이 사진에 실려 있었습니다. 코끼리가 뛰어난 지능을 갖고 있다고는 하는데 인간과 같은 감정을 느꼈는지는 잘 모르겠습니다. 또 '동물의 왕국'에서는 침팬지가 이미 죽은 새끼의 사체를 며칠간 계속 안고 다니는 모습을 보여주기도 했습니다. 정식으로 상례란 절차를 만든 것은 인간이 유일할지 모르지만 죽은 이를 떠나보내기 싫은 마음은 아마도 본능이 아닐까 합니다.

상례란 내세를 믿었던 조상들이 고인을 위해 만든 의식임에는 분명하지만 그 속을 들여다보면 실제로는 살아 있는 자들을 위한 의식이 아니었나 생각됩니다. 사랑하는 이를 그대로 보내기 싫은 사람들의 한을 풀어주는, 한풀이의 시간이 바로 상례입니다. 그렇게 상례라도 치르고 나야 마음속에 남아 있던 아쉬움을 조금이나마 달래고 현실로 돌아올 수 있기 때문이죠. 그래서 상례는 살아 있는 사람을 위해서 반드시 거쳐야 하는 중요한 의식입니다.

주변을 보더라도 결혼식이나 환갑, 칠순 같은 잔치에는 참가하지 못하더라도 그리 미안해하지는 않는데 상가에 못 갈 때는 마음에 큰 빚을 진 것처럼 꺼림칙해하는 사람들이 많이 있습니다. 좋은 일에야 참가하지 못했더라도 나중에 웃으며 축의금만 전달하면 마음도 개운하고 뒤끝이 없는데 상가에 가지 못하면 돈이 문제가 아닌 일이 됩니다. 결국 상례를 지키는 것은 내 마음이 편하자는 것이죠. 그러니까 더욱 정성스럽게 최선을 다해서, 말 그대로 예를 다해서 치르는 게 좋습니다. 예를 다하면 다할수록 내 마음이 편해지는 것이니까요.

물론 예전처럼 산속에다 움막을 짓고 삼 년을 살 수는 없습니다. 다만 상례에 담긴 의미를 알고 사정에 따라 생략해야 하는 것은 생략하고 치를 수 있는 것은 치르는 지혜가 필요할 것입니다.

요즘은 장례지도사에게 부탁하면 대부분의 일을 잘 처리해줍니다. 상조라는 것도 있어서 비용 문제나 번거로운 일들을 처리해주기도 합니다. 하지만 관혼상제라는 인륜의 큰 행사를 그렇게 남들의 손에만 의지하는 게 괜찮은 일인지는 잘 모르겠습니다. 앞서 말했듯이 각자의 사정이 있으니 어쩔 수 없는 부분이기는 하지만 말이죠.

요즘은 운명을 병원에서 맞이하는 분들이 많이 있습니다. 의료술도 발달하였고, 혹시 운명하시더라도 병원에 장례식장이 마련되어 있기 때문에 편리를 위해서도 병원에 모십니다. 그래서 그 사이에서 일어나는 상례는 낳이 생략되기 마련입니다.

우리나라의 전통적인 상례는 유교적 의식을 따르고 거기에 불교적 절차가 조금 합해진 형태입니다. 이는 기독교나 다른 종교를 배타하거나 무시해서가 아니라 불교 국가인 고려와 유교 국가인 조선을 거쳐 온 때문입니다. 앞으로 시간이 더 지나면 전통상례에 기독교와 천주교 등의 종교 절차가 더 합치될지는 모르겠습니다. 지금도 장례식장에서 절을 생략하고 기도로 대신하는 모습이 많이 보이는 것을 보면 말이죠.

요즘 환자나 임종을 눈앞에 둔 분들을 병원에 모시듯이 예전에는 환자를 아랫목에 모셨습니다. 그리고 가족들에게 연락을 해서 모두 모이게 했습니다. 임종을 지켜보기 위해 모이는 행동부터 상례가 시작되는 것입니다.

죽음을 숨이 끊어진다고 표현하는데 예전에는 고인의 코에 솜을 올려 놓고 숨을 쉬는지 안 쉬는지를 확인했습니다. 숨이 움직이지 않으면 숨을 거두었다고 하여 죽음으로 판명합니다. 임종이 확인되면 곡을 하기 시작하고 곡은 끊어지지 않게 하는 게 예였습니다. 고인을 떠나보내는 슬픔을 표현하는 것인데, 사랑하는 사람이라면 자연스럽게 눈물이 흐르고 울음이 터지는 것은 어쩔 수 없을 것입니다. 만약 울음이 나오려고 한다면 본인을 위해서도 마음껏 우시기 바랍니다. 울음을 참는 게 예의가 아닙니다. 전통 상례에서는 하인을 시켜서라도 곡을 하게 했습니다. 하물며 진짜로 눈물이 나고 울음이 나는 데 이를 참을 필요는 전혀 없습니다. 울음은 슬픔을 극복하고 예를 지키는 행위입니다.

임종을 지켜보지 못하고 밖에 있던 사람도 안에서 무슨 일이 일어났는지 곡소리를 통해 자연스럽게 알게 됩니다. 요즘은 친척이나 지인들에게 전화를 하고 문자를 보냅니다. 간혹

단풍은 분명
나이가 드는 과정임에도 아름답다

카카오톡으로 전체 문자가 오기도 합니다. 상에 대한 소식을 '카카오톡 왔숑' 하는 경박한 소리와 함께 확인하려니 요즘말로 웃프기도(웃기고도 슬프다는 뜻) 합니다. 이렇게 사방에 알리는 행위를 예전에는 초혼을 한다고 했습니다. 북쪽을 향해 망자의 이름 뒤에 '복'을 붙여서 세 번 외치는 것인데, 망자의 이름이 홍길동이라면 홍길동복이라고 외칩니다. 이렇게 큰소리로 외치면 상이 났다는 것을 주변 사람들이 알고 모입니다. 또 혼령이 그 외침을 듣고 돌아와서 다시 살아날 수도 있나는 작은 희망이 담긴 절차이기도 합니다.

초혼을 마치고 나면 망자를 저승까지 잘 데리고 가달라는 의미에서 사자상을 차립니다. 저승사자를 위해 밥과 찬 그리고 짚신을 준비하는 것입니다. 지금의 상례에서는 찾아보기 힘든 모습입니다만, 저승사자에까지 예를 갖추고 싶었던 조상의 마음은 지금도 가슴에 와닿습니다.

다음으로 습과 염을 해야 합니다. 습은 시신을 목욕시키고 수의를 갈아입히는 행위를 말합니다. 지금은 장례지도사가 거의 알아서 해줍니다만 그 과정은 가족들이 지켜보는 경우가 많이 있습니다. 이때 수의를 갈아입히게 되는데, 수의는 윤년에 마련하는 게 좋다고 하여 윤년이 되면 쇼핑채널에서 판매하기도 합니다. 습은 망자가 여성인 경우에는 여성이, 남성인 경우에는 남성이 담당하는 것을 원칙으로 합니다.

그리고 망자의 입에 불린 쌀 세 수저와 구슬 혹은 엽전 세 개를 넣는데, 쌀은 저승까지 가면서 망자가 먹을 식량이고 엽전과 구슬은 노자입니다.

습이 끝나고 나면 염을 합니다. 염은 원래 소렴과 대렴으로 나뉘는데, 습을 한 다음날 소렴을 하고 다시 그 다음날 대렴을 하는 게 조선 시대까지는 원칙이었습니다. 요즘은 습과 소렴, 대렴을 모두 한 번에 치르고 있습니다.

삶의 방식이 바뀜에 따라 예가 조금씩 바뀌어 가는 것은 어느 정도 인정을 해야 합니다. 어쨌든 상례도 삶의 일부분이니까요.

소렴은 소렴포라는 천으로 시신을 싸는 것인데 최근의 상례에서 소렴은 수시로 대체하여 행하고 있는 추세입니다. 대렴은 시신이 관에 들어갈 수 있도록 베로 감아서 동여매는 것입니다.

망자에 대한 예가 진행되는 동시에 조문객을 맞으려면 가족들도 준비할 게 있습니다. 상을 치르는 주인 역할을 할 상주를 뽑아야 하는데 일반적으로 맏아들이 상주를 맡고, 아들이 없으면 장손이 맡습니다.

장자나 장손이 없으면 차자나 차손이 상주를 맡는데, 자식이 귀해지는 다음 세대에는 장자, 장손의 개념이 없어질 것 같으니 딸이나 사위도 상주가 되어야 할 것입니다.

그리고 일가친척 중에 경험이 있고 믿을 만한 분을 호상으로 지정해 두는 게 좋습니다. 아무래도 가족은 경황이 없고, 또한 상이 자주 경험할 수 있는 일도 아닌지라 무엇을 어떻게 해야 할지 모르는 경우가 태반입니다. 이때 장례를 치르는 절차와 부의금 등을 관리할 호상을 정해 두면 큰 실수 없이 상을 치를 수 있습니다.

상을 치르면서 망자의 가족들은 상복을 입는데, 지금은 흔히 남자는 검은색 양복을 입고 여자는 흰색 치마저고리를 입습니다. 그런데 전통적으로는 머리를 풀어헤치고 어머니가 돌아가셨을 때는 오른팔을 소매에 넣지 않고, 아버지가 돌아가셨을 때에는 왼팔을 소매에 넣지 않는 것이 예의였다고 합니다.

부모님이 돌아가셨는데 머리를 정돈하고 옷을 제대로 입을 겨를이 어디 있겠느냐는 의미였다고 하니 그 또한 이해가 가지 않는 모습은 아닐 것입니다. 상주가 준비되면 조문객들이 오는데 종교적 이유로 조문객이 절을 하지 않을 경우에는 헌화를 하거나 묵념을 드리는 것으로 예를 갖추고, 상주에게 인사를 합니다.

전통적인 방식으로는 남자는 오른손을 위로 가게 하고 여자는 왼손을 위로 가게 해서 손을 잡고, 남자는 두 번, 여자는 네 번 절을 한 뒤 상주와 한 번 맞절을 합니다. 지금은 여자도 두 번 절하는 게 일반적입니다.

종교적 이유로 절을 하지 않는 것이 예의에 어긋나는 행동은 아닙니다만, 적어도 상주에게 절을 하겠다 혹은 절을 하지 않고 기도만 드리겠다고 확실히 의사를 밝혀 주시는 것이 좋습니다. 하루에 수많은 조문객을 맞는 상주가 질자에까지 신경 쓰지 않게 해주는 것이 더 나은 예입니다.

예라는 것은 상대를 편하게 하면서 자신이 편해지기 위한 행동과 마음입니다. 예를 지키면 인간세상에서 갈등이 없어집니다. 상제는 상제로서의 예를 지키고 조문객은 조문객으로서의 예를 지키는 그 모든 것이 상례입니다.

예를 지키며 남은 자들이 위안받는다니, 참으로 인간답기 그지없습니다.

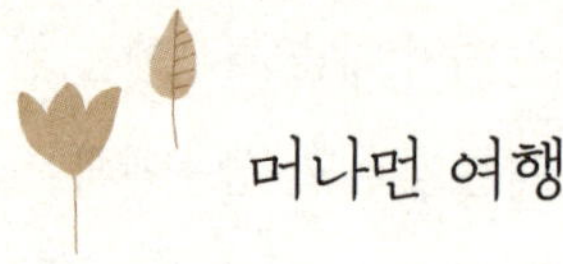

머나먼 여행

　삶은 그 자체로 여행입니다. 배낭을 메고 먼길을 떠나는 것만 여행이 아닙니다. 넓은 의미로 바라보면 우리는 지금도 여행을 하고 있습니다. 바로 시간 여행이죠. 어제의 나는 오늘의 내가 아니며 내일의 나도 아닐 것입니다. 하루의 경험은 하루치의 사람을 만들고 일 년치의 경험은 일 년치의 사람을 만듭니다.

　여행은 경험이라는 시간을 조금 더 빨리 흐르게 하는 과정입니다. 방에서 아무것도 안 한 일주일과 생소한 곳에서 일주일을 보낸 경험의 축적이 전혀 다르기 때문입니다. 하지만 방에서 일주일을 보낸 사람이라고 하더라도 분명 고요의, 혹은

무(無)의 여행을 떠난 것이기 때문에 이전과는 다른 새로운 사람이 되어 있을 것입니다.

아무리 여행을 떠나도 변할 수 없는 사람이 있습니다. 시간이 멈춘 사람들, 즉 고인들입니다. 죽음이란 시간의 멈춤과 마찬가지입니다. 나의 시간은 흐르고 있지만 고인의 시간은 멈추어 있습니다. 시간이 멈춘 사람을 떠나보내는 마지막 여행이 '발인'입니다.

발인은 삼일장을 기준으로 삼 일째 되는 날 발인제를 지내면서 시작됩니다. 영구를 상여에 싣고 장지까지 걸어가는데 이때 상주와 상제들이 곡을 하며 뒤를 따르는 모습이 전통적인 모습이었습니다. 이제 정말로 떠나보낸다는 애달픈 마음을 모두 쏟아내는 발걸음이 이어집니다. 상여가 지나가면 고인을 모르고 지냈던 사람들도 공연히 눈물을 흘리며 명복을 빌어주곤 했습니다. 지금은 영구차가 상여를 대신해서 빠르게 이동하기 때문에 감정의 속도도 자동차의 속도만큼이나 빠르게 지나가는 게 아닌지 하는, 괜한 생각을 해봅니다.

장지에 가면 무덤을 파고 묘지자리를 마련하는 사람들이 먼저 준비를 하고 있는데 이들을 산역꾼이라고 합니다. 산역꾼들은 묏자리 위에 차일을 치고 구멍을 팝니다. 관이 들어갈

넓이로 구멍을 파고 안쪽에는 관이 평평하게 놓아지도록 널을 깔아둡니다.

영구차가 도착하면 영구를 꺼낸 후 걸어서 이동을 하는데 영구는 상주의 친구가 드는 것이 일반적입니다.

풍수를 많이 믿었던 예전 사람들은 관을 내광에 내리는 일정한 시간은 정했습니다. 그래서 시간에 맞춰 발인을 했는데 지금은 삼 일째 되는 날 아침 일찍 출발하는 게 일반적입니다.

관을 내리고 나면 고인에게 예물을 바치는데 결혼식 때와 마찬가지로 이를 폐백이라고 합니다. 결혼식 때는 다산을 상징하는 대추를 던지지만 고인께는 비단을 바칩니다. 검은색 비단과 붉은 색 비단을 각각 고인의 머리 쪽과 다리 쪽에 덮고 상주가 두 번 절을 합니다.

내광 위에 다시 널을 덮으면 취토를 하게 되는데 상주가 먼저 흙을 세 번에 나누어서 위, 가운데, 아래에 뿌립니다. 이어서 상제들이 취토를 하고 나면 산역꾼들이 흙을 채우고 달구질을 합니다. 흙을 꼭꼭 밟아서 빈틈이 없도록 하는 것입니다.

달구질을 끝내고 봉분을 만들면 먼 여행은 이제 끝납니다. 봉분을 만든 후에 바로 제사를 지내기도 하고 안 지내기도 하지만 이제 다시는 고인을 볼 수 없다는 감정의 물결은 쉬 사라지지 않습니다.

　이제 멀고멀었던 마지막 가족여행은 끝났습니다. 이제 고인은 휴식을 취하러 갔습니다. 그동안 열심히 살아왔었기 때문에 고인은 후회가 없을 것입니다. 또한 남은 사람은 그 예를 다해서 마지막 가는 길까지 배웅을 했기 때문에 미련이 없을 것입니다. 후회와 미련이 없는 삶을 살았다는 것만으로도 충분한 축복이라 말할 수 있을 것입니다.

　지역에 따라, 시대에 따라, 종교에 따라 상을 치르는 방식은 모두 다릅니다. 제가 이 책에서 말했던 상례도 어느 지방에서는 맞고 어느 지방에서는 틀린 이야기일지도 모르겠습니다. 그러나 이렇게 상례에 대해 구구절절 이야기하는 이유는 단 한 가지입니다. 역설적이게도 죽음은 삶의 일부라는 것이죠. 삶과 죽음은 둘이 아니라 한 가지 모습입니다.

　상자 안에 고양이가 있습니다. 이 상자는 안이 보이지 않고 50퍼센트의 확률로 독가스가 나오는 통이 들어 있습니다. 이 고양이는 과연 살아 있습니까, 죽어 있습니까?

　이 이야기는 매우 유명한 과학 가설의 재료입니다. 결국 고양이가 살아 있는지 죽어 있는지를 알려면 상자를 열어볼 수

버나드 쇼의 묘비에는 '우물쭈물하다가
이렇게 될 줄 알았지' 라는 묘비명이 씌어 있다.
당신의 묘비명은?

밖에 없다는 이야기입니다. 상자 안의 고양이는 그 안을 정확하게 들여다볼 수 없는 한, 죽은 것도 산 것도 아닌 상태인 것입니다. 나는 이 이야기를 과학적 가설이 아니라 사회적, 즉 삶의 자세로 해석합니다. 상자 속의 고양이가 살아 있는 것도 죽어 있는 것도 아니듯 우리네 삶은 혼자서는 살아 있는 것도 죽어 있는 것도 아니라는 것입니다. 누군가를 만나고 관계를 나누어야 비로소 우리는 살아 있는 것입니다. 관계를 맺지 않는 사람은 죽은 사람과 사회적으로 별로 다를 바가 없습니다. 죽은 사람이 나에게 아무 영향을 끼치지 못하듯이 외따로 존재하는 사람도 나에게 아무 영향도 끼치지 못합니다.

그러기에 산나는 것은 관계를 맺는 것이고 제대로 된 관계를 이어주는 수단이 바로 예입니다. 서로에게 예를 지키지 않으면 그 관계는 무너지고 맙니다. 예에서 질서가 나오고 법이 나옵니다. 상례는 삶이 끝나는 순간에 지켜야 하는 예입니다. 그 예를 지킴으로서 관계는 지속될 수 있고, 관계란 앞서 말했듯이 삶이기 때문에 죽음이란 곧 삶과 같습니다.

또 죽음이란 수학과 같습니다. 수학은 다른 공부와 다르게 앞을 모르면 뒤로 건너 뛸 수 없습니다. 영어는 문법을 공부하다가 단어를 외우고, 숙어를 외우다가 지겨우면 듣기 연습을 할 수도 있습니다. 역사도 선사시대를 공부하다가 조선시대에 관심이 생기면 삼국시대, 고려시대를 건너뛰고 조선시대부터 들여다볼 수 있습니다. 하지만 수학은 처음부터 차근차근 진행하지 않으면 아무것도 할 수 없습니다. 사칙연산을 배우지 않고는 근의 공식을 알 수 없습니다. 인수분해를 모르고서는 삼각함수, 미분, 적분으로 이어나갈 수 없습니다.

삶도 마찬가지입니다. 지금 내 위치에 있는 삶의 의미를 그대로 받아들이지 않고서는 그 다음 단계로 건너뛸 수 없습니다. 삶의 한 단계를 통과해야 다음 단계를 이해할 수 있습니다. 나이가 들면 아이들에게 자연스럽게 잔소리를 하게 됩니다.

아이를 키워보신 분이라면 이해가 될 것입니다. 흔히들 말하죠. '왜 그렇게 사니' '앞으로를 생각해라' '공부 안 하면 앞으로 후회한다' 등등. 그런데 잘 생각해보면 그 말은 우리도 부모님에게 들었던 말입니다. 그 당시에 우리는 어떠했을까요? 세대차이라고 생각하며 그 말에 공감하지 못했을 것입니다. 지금의 아이들도 마찬가지겠지요. 이렇듯 인생의 어느 단계를 거치지 않고서는 절대로 다음 단계를 이해하지 못합니다. 하물며 삶의 마지막 단계를 어떻게 이해할 수 있겠습니까.

그저 지나가는 삶의 일부라고 받아들이고, 후회 없이 예를
지키며 살아갈밖에요.

7장

축제

선물

　명절이 되면 즐거운 사람이 있는 반면에 긴장해서 소화도 안 되는 사람이 있습니다. 내표적으로 머느리린 직힘을 달고 있는 여성들이 그렇죠. 최근에 많이 좋아졌다고는 하지만 아직도 며느리에게 시댁은 공포의 대상입니다. 시대가 좋아져서 며느리를 일부러 괴롭히는 시어머니는 많이 없지만, 딸이 오면 '방에 들어가서 누워 있어라' 라고 말하고 며느리가 오면 '오느라 고생했다, 전은 조금 있다가 부치자' 라고 말하는 게 현실입니다. 나긋나긋한 목소리로 말하지만 그 대우는 천지차이라고 할 수 있습니다.

　명절 전날 저녁이 되면 넓은 프라이팬 등을 가져다 놓고 전을 붙이기 시작합니다. 사실 전은 자주 먹는 음식이 아닙니다. 비슷한 것으로는 계란프라이가 있지만 전과는 그 차원이 다릅니다. 요즘은 전을 부칠 때 사용하는 혼합 가루가 있어 그것을 공통으로 사용하기는 하지만 동태전, 부추전, 배추전 등 재료에 따라 부치는 시간이 다르고 온도가 다릅니다.

약한 불에서 뒤집어가며 전을 붙이다 보면 허리와 손목이 동시에 아파오기 시작합니다. 하지만 시어머니도 꼼짝 않고 부엌에 있는데 며느리가 허리 아프다고 눕기도 민망하니 그저 속으로 욕을 하며 앉아 있을 수밖에 없습니다. 처음에는 먹음직하게 느껴지던 기름 냄새도 이제는 머리만 아프게 하고 속만 뒤집을 뿐입니다. 눈치 없는 신랑은 접시를 가지고 와서 전 몇 장만 달라고 합니다. 남자들끼리 간단하게 술 한 잔하려고 한다면서 말이죠. 그러면서 농담이랍시고 한마디 더합니다.

"요즘 시집은 참 편해졌어. 예전에는 벙어리 삼 년, 귀머거리 삼 년이라고 했는데 말이지."

남편이 반어법을 써서 농담을 한다고 한 것이지만 내용상 듣기 좋을 리는 없습니다. 며느리는 눈을 흘기면서 차례 상 탓을 해봅니다.

"이거 차례 상에 올릴 거란 말이야. 지금 먹으면 안 돼."

그때 뒤에 앉아 있던 시어머니가 끼어듭니다.

"요즘 누가 그렇게 예의 지키니? 따뜻할 때 먹게 좀 줘라."

공연히 멋쩍어진 며느리는 인상을 쓰며 전을 몇 개 접시에 놓아줍니다. 그러면서 속으로는 궁시렁거리죠.

'그렇게 예의를 안 따지시는 분이 뭐하러 전은 직접 부치시나요? 요 앞 시장에만 나가도 전이 넘쳐나는데.'

매년 똑같이 반복되는 이야기지만 며느리는 한 번도 전을 사오자고 말하지 못했습니다. 차례상에 올리는 음식에는 정성이 깃들어 있어야 한다는 믿음을 자신도 모르게 갖고 태어난 한국인이기 때문입니다.

명절 당일 아침이 되면 모두가 깨끗하게 차려입고 나옵니다. 술자리가 길어져서 밤늦게야 잠자리에 들었던 시아버님과 남편까지 그날만은 깨끗한 옷을 입고 늦지 않게 일어나려 노력합니다. 아직 어린 시동생네 아이들이 찡얼거리기는 하지만 차례를 지내는 시간만큼은 의젓하게 자리를 잡습니다.

차례에서 가장 마지막 순서는 철상과 음복입니다. 차례를 지냈던 상을 물리고 그 음식과 술을 한잔씩 하는 순서가 공식적으로 마련됩니다. 그동안 바쁘다고 얼굴 한 번 보기 힘들었던 가족들이 모두 모여서 전날 정성들여 만들었던 음식을 나누어 먹습니다. 아이들은 곶감 한 개씩을 입에 물고 쪼르르 방으로 달려가 장난감을 가지고 놀든지, 옹기종기 텔레비전 앞에 모입니다.

고생했으니 한잔하라며 시아버지가 며느리에게도 잔을 내밉니다. 청주의 시큼하면서도 들큰한 맛이 그리 좋지는 않지만, "언니 어제는 고생하셨으니 설거지는 제가 할게요" 하며 부엌으로 향하는 아가씨를 보니 슬쩍 웃음이 납니다.

며느리는 생각합니다. '가족이란 모이면 좋은 것이구나' 하고, 또 '아버지가 빨리 돌아가셔서 혼자 적적하실 어머니를 빨리 만나러 가야겠구나' 하고.

이 시점에서 눈치가 있는 남편이라면 친정으로 빨리 가자며 손을 끌고 나올 것이고 미움을 받기로 작정한 남편이라면 조금만 더 시댁에 있자며 아이처럼 굴겠죠. 남편이 어떤 행동을 보이느냐에 따라 지금까지의 이야기가 해피엔딩일지 새드엔딩일지가 판가름 납니다만, 우리 인생에서 이런 사람 풍경을 볼 수 있다면 그 자체로서 이미 해피엔딩입니다.

명절 차례는 말할 것도 없고 기제사도 이와 비슷한 스토리가 이어집니다. 다만 기제사는 집안마다 날짜가 달라 휴일에

좋은 음식과 가족의 만남은,
바로 축제

지낼 수 없기에, 요즘같이 바쁜 시기에는 그저 귀찮은 절차로 생각하는 사람이 많은 게 사실입니다.

그러나 제사는 과도하지 않는 선에서 최대한 모여서 지내는 게 좋다고 생각합니다. 왜냐하면 제사는 고인이 살아 있는 사람에게 남긴 선물이기 때문이죠. 앞의 이야기에서 보았듯, 가족은 모여서 이야기하는 그 자체로만도 기쁜 존재들입니다.

어른이 세상을 떠나고 나면 가족의 구심점이 사라지는 경우를 많이 보았습니다. 부모님이 살아계실 때는 그래도 종종 형제들이 모여서 여행을 가고 식사도 하는 관계였지만 부모님이 돌아가신 후에는 1년에 얼굴 한 번 보기 힘들다고 말합니다. 먹고살기 바빠서, 따로 연락할 일이 없어서 그랬다는 것이 이유입니다. 자주 보지 않으면 마음은 실제 거리보다 더 멀어집니다.

어렸을 때는 엄마 아빠밖에 모르던 아이들이 초등학교에 들어가고 중학교에 들어갈 때쯤 되면 엄마 아빠보다 친구들과 노는 것을 더 좋아합니다. 같이 외식을 하자고 해도 친구와의 약속을 더 중요하게 생각해서 같이 가려고 하지 않습니다. 엄마 아빠는 섭섭할 수밖에 없습니다. 그런데 아이가 고등학교에 진학하면 고등학교에서 사귄 친구와 지내느라고 부

모보다 더 챙겼던 중학교 친구와는 연락도 자주 하지 않는 듯
해 보입니다.

"중학교 때 친구였던 그 애는 지금 뭐하니?"

엄마가 물으면 심드렁하게 대답합니다.

"몰라, 학교 잘 다니고 있겠지 뭐."

아이들이 이렇게 부모에서 친구로 또다시 다른 친구로 옮
겨가며 마음을 주는 이유를 살펴보았더니 결국 당시 가장 오
랫동안 같이 있는 사람에게 마음을 준 것뿐이었습니다. 어렸
을 때는 부모와 함께 있는 시간이 가장 길겠지만 커 가면서
점점 학교에서 생활하는 시간이 길어지고 몇 시간을 같은 친
구와 생활하게 됩니다. 고등학생이 되면 또 다른 친구와 생활
합니다. 결국 함께 있는 시간과 마음을 주는 양은 비슷하다는
이야기입니다.

아무리 가족이라도 얼굴을 맞대는 시간이 적으면 점점 멀
어지게 되어 있습니다. 그래서 조상들이 기일이 되면 꼭 모여
서 좋은 음식 차려 놓고 제사를 지내라고 말씀하신 것입니다.
1년에 한 번이라도 가족이 모여 이야기를 나누어야 가족으로
서의 끈을 놓지 않습니다. 명절 차례는 좀 더 넓게 일가친척
까지 모두 모여서 인연을 끈을 놓지 말라는 뜻이겠지요.

좋은 음식을 차리는 이유도 가족끼리 작은 잔치라도 벌였으면 좋겠다는 뜻이 숨어 있기 때문이 아닐까 합니다. 제사는 귀찮고 없앴으면 하는 사(事, 일)가 아닙니다. 제사(祭祀)에서 사(祀)는 제사 사자입니다. 사는 신을 모신다는 뜻입니다. 우리가 주목해야 할 글자는 제(祭)입니다. 제는 축제와 같은 제 자를 사용합니다. 예전에는 어떤 행사를 할 때마다 신에게 제사를 지냈기 때문에 축제라는 말이 태어났을 테지만 제는 '서로 접하다, 사귀다, 보답하다'란 의미가 동시에 숨어 있는 글자입니다.

저는 신을 모셔놓고 서로 사귀라는 뜻이라고 마음대로 해석해봅니다. 가족들이 모여서 다시 한 번 사귈 기회를 만들어준 것은 현대인들이 이렇게 바쁘게 살아가 것을 미리 예상한 조상의 선물이 아닐까요?

다시 한 번 예

저는 제사가 가족끼리 모여서 즐기라는 조상의 선물이라는 이야기를 했습니다. 모여서 즐기는 방식은 각 가족끼리 정하면 됩니다. 제사를 가가례(家家禮)라고도 하는데 이는 각 가정마다 제사를 지내는 방식이 모두 다르다는 뜻입니다. 어떤 집에서는 이렇게 저쪽 집에서는 저렇게 제사를 지냅니다. 그래서 오래간만에 일가친척이 모이는 제삿날에는 웃지 못할 풍경이 벌어지기도 합니다.

제사를 지내는 도중에 사촌 형님은 첫 번째는 전에다 젓가락을 올려 놓아야 한다며 뒤에서 훈수를 두고, 또 숙부님은 첫잔을 올릴 때는 수저를 만지지 않는 것이라며 훈수를 둡니다. 제주는 뒤에서 하도 훈수를 두니 앞에서 어쩔 줄 몰라 당황해서 '도대체 어쩌라는 것'이라며 화를 냈다가, 제사상을 앞에 두고 왜 화를 내고 그러냐고 오히려 더 소리를 지르는 숙부님 때문에 제사도 지내지 못하고 얼굴을 붉히고 헤어지기도 합니다.

각자의 조상에게 제사를 지내는 것이니 이러쿵저러쿵 남들이 말할 필요는 없는 것이지요. 하지만 가족 간에 제사의 의례는 미리 정해두는 게 좋습니다. 이 역시 예이기 때문입니다. 관계에서 가장 중요한 것이 예라는 것은 이미 여러번 말씀드렸습니다.

인간의 삶에서 가장 중요한 4가지 예가 있습니다. 관례, 혼례, 상례, 제례가 그것입니다. 지금 관례는 아예 그 흔적이 사라졌습니다. 성인식이라며 어느 나라 풍습인지도 모르는 이상한 의식을 치르는 것이 현실입니다. 어른이 되었다는 의미에서 상투를 트고 갓을 쓰는 의식이 관례인데 상투를 틀 머리도 없으니 어찌 보면 사라지는 게 자연스러운 예였습니다.

다음은 혼례입니다. 지금도 혼례를 치른다는 말을 많이 하지만 혼례라는 말보다는 결혼을 한다는 말을 더욱 자주 사용합니다. 혼례는 왠지 고리타분한 옛날 말처럼 생각합니다. 그래도 아직 혼례는 그 흔적이 많이 남아 있습니다. 면사포를 쓰고 결혼식장에서 결혼을 하지만 사모관대 차림을 한 신랑과 연지곤지를 찍고 쪽두리를 쓴 신부가 초례상을 앞에 두고 폐백을 드리는 의식을 치르는 혼례가 혼합되어 있는 것입니다.

상례는 앞에서 말씀을 드렸고, 네 번째가 제례입니다. 조상을 모시는 것은 유교 사회에서는 가장 큰 행사였습니다. 현재 종로구 훈정동에 위치한 종묘의 규모나 종묘제례를 드릴 때의 절차를 보면 제례를 조상들이 얼마나 중요하게 생각했는지 알 수 있습니다.

하지만 현대는 급격히 변하고 있습니다. 예전과 같은 예를 지키려고 한다면 오히려 사람 간의 예가 흔들릴지도 모르겠습니다. 제사를 지낼 때마다 허리를 부여잡아야 하는 며느리 때문에도 그렇고 제사를 지내다가 다툼을 하는 사촌 형님과 숙부님 때문에라도 그렇습니다. 사람 간의 원만한 관계와 배려를 위해 필요하다는 것이 예가 존재하는 첫 번째 이유라면 미리 편한 기준을 정해서 조상의 선물을 즐기는 게 현명합니다.

현재 지켜야 할 제례는 단 두 가지입니다. 하나는 상차림이고 다른 하나는 제사 순서입니다. 상차림은 정말로 지방 곳곳

마다 모두 다릅니다. 돔배기라 부르는 상어가 올라가는 상차림이 있고, 반드시 문어를 올려야 하는 집도 있습니다. 식혜가 빠지면 안 되는 집이 있는 반면에 현대식으로 간단히 하자고 주장해서 고인이 생전에 좋아했던 음식을 올리는 가정도 있습니다. 때문에 음식은 전적으로 제사상을 주관하는 주부에게 맡기면 될 것입니다. 다만 전 붙이기 싫어서 제사 지내러 오기 싫다는 며느리 없도록 어느 정도는 간소화하는 게 좋지 않을까 합니다. 또 제사상의 규격이 정해진 그 당시는 제사 음식이 모두가 좋아하는 귀한 음식이었는지는 몰라도 현대에 와서는 제사 음식은 그리 귀한 음식이 아니고 호불호가 나뉘는 음식이 된 관계로 시대의 변화에 맞춰, 제사상 위에 불판 올려놓고 삼겹살 굽는 정도의 과격한 변화만 아니라면, 지금의 기호에 맞게 바뀌는 것도 자연스러운 흐름입니다.

제사상과는 달리 제사 순서는 어느 정도 기준이 정해져 있고 그 과정이 그리 복잡하지 않아 그 절차를 따른다면 예를 지키는 데 큰 문제는 없을 것입니다. 제사를 지내는 도중에 또 숙부나 사촌 형님이 훈수를 두려고 한다면, "이게 표준이라니까요" 하고 한마디 해주면 되겠습니다.

그 순서를 살펴보자면 일단 대문을 활짝 열면서 시작하는

데 이를 영신이라고 하며 제사 순서에 넣기도 하는데 여기서는 열두 단계의 제례에 대해서 이야기하도록 하겠습니다.

첫 번째는 강신입니다. 강신은 신을 모신다는 뜻입니다. 제주가 향을 피우는 것으로 제사를 시작합니다. 예로부터 향은 부정을 제거하고 심신을 맑게 한다는 의미로 사용했습니다. 아무래도 이는 그 향내와 관련이 있습니다. 잡냄새를 없앰으로써 더러운 원흉을 없앨 수 있다고 믿어 왔던 것 같습니다. 지금처럼 청결할 수 없었던 예전에는 냄새가 아무래도 큰 걱정거리였을 것입니다. 이집트에서는 향유가, 서양에서는 향수가 발달한 것처럼 제사 때 향을 피워 주변의 냄새를 없애는 것만으로도 정화의 느낌을 받았던 것이 아닌가 합니다. 향에 불을 붙인 제주는 집사로부터 술잔을 받고 술을 모사그릇에 세 번 나누어 붓습니다. 그러고 나서 제주만 두 번 절합니다.

두 번째는 참신입니다. 참신은 신과 함께한다는 뜻으로 참가자 전원이 두 번 절합니다.

세 번째는 초헌입니다. 초헌은 처음 잔을 올린다는 뜻으로 제주가 잔을 들고 있으면 집사가 술을 부어줍니다. 제주는 술을 향 위에 세 번 돌리고 집사에게 줍니다. 집사는 술을 상에

마음을 비워두어야 할 때가 있다

올리고 젓가락을 음식 위에 놓습니다. 집사는 제주를 제외한 집안의 어른이 맡는 것이 대부분입니다.

네 번째는 독축입니다. 제주가 축문을 읽는 과정인데, 축문을 쓰는 법과 읽는 법을 잘 모르는 요즘에는 생략하는 경우가 많습니다.

다섯 번째는 아헌입니다. 아헌은 두 번째 술을 올린다는 뜻으로 제주의 부인이나 다음 서열이 술을 올리는 것입니다. 이때 제주의 부인 등 주부가 절을 할 때는 네 번 절을 하는 것이 원칙이나 요즘은 두 번만 하는 경우가 많습니다.

여섯 번째는 종헌입니다. 마지막 술잔을 올린다는 뜻으로 제주의 자식이나 다음 서열이 잔을 올립니다. 이때 제주는 술을 칠 할 정도만 따라야 합니다.

일곱 번째는 유식인데 흔히 첨작이라고 합니다. 종헌 때 올려 놓은 잔에 집사가 술을 더 부어서 가득 채우고 밥 뚜껑을 열고 숟가락을 꼽습니다. 이때 수저의 바닥(오목한 곳)이 동쪽을 향해야 합니다. 간혹 어디가 동쪽인지 헷갈려 하는 겨우도 있는데 우리나라의 제사법의 기본은 북쪽을 보고 하는 것이기 때문에 제주가 바라보기에 오른쪽이 동쪽입니다. 제주만 두 번 절합니다.

여덟 번째는 합문인데, 문을 닫고 잠시 나가 있는 것을 말합니다. 혼이 내려와서 밥을 먹을 동안 자리를 비켜준다는 의미입니다. 아홉 수저를 들 정도의 시간이 지난 후 방으로 다시 들어가는데, 이때 제주는 큰 기침을 해서 안으로 들어간다는 신호를 보내야 합니다. 혼령이 놀라지 않게 하려는 배려가 보이는 의식입니다. 만약 문 밖으로 나가 있을 사정이 안 된다면 잠시 전원이 무릎을 꿇고 앉아 있는 것으로 대신합니다.

아홉 번째는 헌다입니다. 국을 물리고 숭늉을 떠와서 상에 놓고 밥을 세 수저 떠서 말아둡니다. 수저는 숭늉 그릇에 그대로 담가둡니다. 역시 혼이 숭늉을 먹을 시간 동안 잠시 기다립니다.

열 번째는 사신입니다. 숭늉 그릇에서 수저를 거두고 밥그릇의 뚜껑을 닫습니다. 일동 두 번 절한 뒤 지방과 축문을 태웁니다. 신주는 다시 사당으로 모시는 게 순서인데 요즘은 사당을 마련한 집이 거의 없으니 장소를 정해 잘 모셔두는 것으로 가름합니다.

열한 번째는 철상입니다. 상에 차려 두었던 음식을 뒤쪽에서부터 정리해서 물립니다.

열두 번째는 음복입니다. 제사를 위해 준비했던 음식을 나누어 먹습니다. 이때 제사상에 올라왔던 나물과 밥을 함께 먹기도 하는데 이를 제삿밥 혹은 젯밥이라고 합니다. 젯밥에만 관심 있다는 말이 여기에서 나왔습니다.

이렇게 기본적으로 열두 번으로 차례가 나누어지는데 각 가정에 따라 조금 축소되기도 늘어나기도 합니다.

이렇게 예를 지켰으면 조상이 마련해준 축제를 즐길 준비가 완료된 것입니다. 예의 과정 속에서는 돌아가신 분을 기리고, 음식을 나누어 먹으며 술을 한잔할 때는 살아 있는 사람들끼리 서로의 안부를 물어보고 즐거운 이야기를 나누는 것으로 마무리를 하면 됩니다. 제사도 역시 삶의 일부분이며 삶은 살아 있는 사람에게 더욱 소중한 것이란 이치만 깨닫는다면 즐겁지 않은 일이란 없을 것입니다.

즐겨요

지인이 물어보았습니다.

"장례식장에 오래 있으면 기운이 빠지지 않나요?"

전 대답했지요.

"산부인과에 오래 있다고 기운이 넘치는 것은 아니잖아요."

태어나고 성장하고 사람을 만나고 사랑하고 그리고 세상을 떠나는 것은 모두 삶의 일부일 뿐입니다.

카일 맥도날드란 사람을 아십니까? 카일 맥도날드는 미국의 평범한 청년이었는데 스물다섯 살이 되던 해에 기가 막힌 생각을 했습니다. 책상 위에 굴러다니던 빨간 클립을 인터넷

구름 위의 인생보다는
땅의 인생을 소중히

경매 사이트에 올린 것입니다.

"이것보다 더 가치 있는 것이라면 무엇이라도 교환하겠습니다."

사이트에 올린 글을 보고 한 회사원이 신기했는지 자신이 가지고 있는 볼펜과 교환하자고 했고 그 이후 볼펜은 문손잡이로, 문손잡이는 캠핑스토브로, 캠핑스토브는 발전기로 계속 교환되었습니다. 이렇게 일 년 동안 열네 번의 교환을 거친 후에 클립은 무엇이 되었을까요?

무려 집이 되었습니다. 열세 번째로 교환한 물건이 영화 출연권이었는데 어느 사람이 그것과 집을 바꾼 것입니다. 카일 맥도날드가 최종 목표로 삼은 것도 집이었으니 목표를 이룬 셈이죠.

이 이야기는 책으로도 나와 많은 사람들에게 각각의 교훈을 주고 있습니다. 발상의 전환이라는 교훈을 받은 사람도 있고, 노력하면 안 될 것이 없다는 교훈을 받은 사람도 있을 것입니다.

저는 이 이야기에서 인생의 무게를 느꼈습니다. 인생이란 작은 클립에서 시작했더라도 멋진 집이 될 수 있습니다. 조금씩 가치 있는 것으로 발전해 나가서 끝내 거대한 집으로 마감

하는 것입니다.

잘 생각해보세요. 지금 이 글을 보고 계시는 분들은 인생에서 어느 부분에 있나요? 클립 상태인가요? 아니면 발전기 정도인가요?

클립 상태라도 걱정할 것 전혀 없습니다. 이제 조금만 도움을 받으면 멋진 집이 될 테니까요. 클립도 집이고, 발전기도 집이고, 어떤 인생이든지 그 무게감은 거대한 집과 같습니다.

다시 앞의 질문에 답을 해보자면 전 아주 행복합니다. 전 장례식장에 있지만 한 인생의 종말을 보는 게 아니라 그들이 지은 멋진 집을 구경하는 행복한 여행가니까요.

삼우제
49제
탈상(脫喪)
조기탈상(早期脫喪)
축문 쓰는 법

부록

상례와 제례

| 삼우제 |

삼우제는 장사를 지낸 날부터 3일째에 지내는 제사입니다. 삼오제라고 잘못알고 있는 경우가 많은데, 정확한 명칭은 삼우제입니다.

삼우제는 세 번째 지내는 제사라는 뜻입니다. 돌아가신 고인의 혼이 방황하지 않도록 처음 지내는 제사를 우제라고 하고, 재우제는 우제의 다음날 지내는 제사, 그리고 삼우제가 재우제 다음날 세 번째 지내는 제사입니다.

원래 우제는 집에서 지내는 것이었으나, 요즘은 삼일장이 일반화되면서 발인을 하고 산소에서 지내는 절차로 변색되었습니다. 또한 제사를 드리는 날짜도 무조건 삼 일째가 아니라 갑(甲), 병(丙), 무(戊), 경(庚), 임(壬)이 들어간 날에 지내야 하는 것이 원칙이었으나 이 또한 정확하게 지켜지지는 않고 있습니다.

| 49제 |

49제는 불교에서 유래한 의식이지만, 유교적인 장을 치른 집에서도 49제를 지키기도 합니다. 고인이 운명하고 난 후 7일마다 영령을 모신 절을 방문해서 제사를 지내고 일곱 번째 제사, 즉 49일째 되는 날 오전에 마지막 제사를 지낸 후 상복과 고인의 유품을 태우는 것으로 마무리됩니다.

일반적으로 요즘은 49일째에 제사를 지내고 고인의 유품을 정리하는 것으로 가름합니다.

| 탈상(脫喪) |

탈상이란 상기가 끝나고 상복을 벗는 절차를 말합니다. 부모, 조부모, 배우자의 경우 가정의례법에 의해 100일로 지정했고, 그 외에는 장례일까지가 기간입니다. 이전에는 부모의 경우 3년 상을 치렀으나, 요즘은 100일상도 지키기 어려운 형편입니다. 탈상을 하는 날은 탈상제를 지내는데 방식은 일반 제사와 같습니다.

| 조기탈상(早期脫喪) |

위에서 말했듯이 상황에 따라 일찍 탈상을 하는 경우를 조기탈상이라고 하는데, 돌아가신 분에게 입은 은혜를 생각하면 조기 탈상하는 것이 마음에 걸리겠지만, 이 또한 현대에 와서는 어쩔 수 없는 부분이라 하겠습니다.

일찍 탈상을 하는 경우는 삼우탈상, 사십구제탈상 등이 있습니다. 사실 3년상이 아닌 100일탈상이나 1년 탈상도 조기 탈상에 들어간다고 봐야 할 것입니다.

| 축문 쓰는 법 |

기제사 축문

기제는 망인이 돌아가신 날에 지내는 제사를 말합니다.

維歲次 (年干支) ○月 (月干支)朔 ○日 (日干支)

유세차 (연간지) ○월 (월간지)삭 ○일 (일간지)

孝子(이름) 敢昭告于

효자(이름) 감소고우

顯考學生府君 顯妣孺人(고인성씨 예를 들어 全州李氏)

현고학생부군 현비유인(전주이씨)

歲序遷易

세서천역

顯考(어머니만 따로 지내는 경우 顯妣) 諱日復臨 追遠感時 昊

天罔極

현고(현비) 휘일부림 추원감시 호천망극

謹以 淸酌庶羞 恭伸奠獻 尙 饗

근이 청작서수 공신전헌 상 향

○○년 ○월 ○○일에 큰아들 ○○은 아버님께 아뢰옵니다.

계절이 바뀌어 아버님 제사날이 돌아와 아버님을 생각하니

하늘 같이 넓고 끝이 없는 은혜에 보답할 길이 없는 것은

여전합니다.

삼가 맑은 술과 제수 올리오니 흠향하시옵소서.

* 축문에 필요한 간지 세 가지가 있는데 매년 달력이나 인터넷에서 음력의 날짜
  에 해당되는 간지(干支)를 찾아 쓰면 됩니다.

연간지는 매년 그 해[年]에 해당되는 간지(干支)를 쓰는데

태세(太歲)라고 합니다.

월간지는 음력 해당 월(月)의 1일(초하루) 간지를 쓰는데 일

진(日辰)이라고도 합니다. 간지 뒤에 붙는 朔(삭)은 초하룻날을 의미하므로 OO朔이라 항상 그대로 붙입니다.

일간지는 음력으로 해당 기일(忌日, 돌아가신 날)에 해당되는 간지를 씁니다.

기제사를 올리는 날짜는 매년 음력으로 동일한 날짜입니다.

기제사 축문에는 돌아가신 날의 일진(돌아가신 그해 그날의 일진)이 아니고, 제사 지내는 해 그날의 일진을 적어야 합니다. 따라서 매년 일진이 바뀝니다. 돌아가시기 전날 밤에 제사를 지내더라도 돌아가신 날의 일진을 적습니다.

* 부모님이 두 분 다 돌아가신 경우로서 아버님 제사에 어머님을 모신 경우입니다. 두 분이 모두 돌아가시지 않았거나, 각자 모시는 경우에는 아버지는 顯考學生府君, 어머니는 顯妣孺人만 씁니다.

조부모에 대한 기제사는,

維歲次 (年干支) O月 (月干支)朔 O日 (日干支)
유세차 (연간지) O월 (월간지)삭 O일 (일간지)
孝孫(이름) 敢昭告于

효손(이름) 감소고우

顯祖考學生府君 顯妣孺人(고인성씨)

현조고학생부군 현비유인(고인성씨)

歲序遷易

세서천역

顯祖考 諱日復臨 追遠感時 不勝永慕

현조고 휘일부림 추원감시 불승영모

謹以 淸酌庶羞 恭伸奠獻 尙 饗

근이 청작서수 공신전헌 상 향

라고 씁니다.

소상축문

소상은 고인이 돌아가신 지 1년이 지났을 때 치르는 제사입니다.

소상 시 축문은 아래와 같이 씁니다.

維歲次 (年干支) O月 (月干支)朔 O日 (日干支)

유세차 (연간지) O월 (월간지)삭 O일 (일간지)

孝子(이름) 敢昭告于

효자(이름) 감소고우

顯考學生府君

현고학생부군

日月不居 奄及小祥 夙興夜處 哀慕不寧

일월불거 엄급소상 숙흥야처 애모불녕

謹以 淸酌庶羞 哀薦常事 尙 饗

근이 청작서수 애천상사 상 향

○○년 ○월 ○○일에 큰아들 ○○은 아버님께 아뢰옵니다.

세월이 흘러 어언 소상의 날이 되었사옵니다.

밤낮으로 슬피 사모하여 편하지 못해

삼가 맑은 술과 여러 음식으로 소상의 제를 올리니

흠향하시옵소서.

대상축문

대상은 고인이 돌아가신 지 2년이 지났을 때 치르는 제사입니다.

축문은 아래와 같습니다.

維歲次 (年干支) ○月 (月干支)朔 ○日 (日干支)

유세차 (연간지) ○월 (월간지)삭 ○일 (일간지)

孝子(이름) 敢昭告于

효자(이름) 감소고우

顯考學生府君

현고학생부군

日月不居 奄及大祥 夙興夜處 哀慕不寧

일월불거 엄급대상 숙흥야처 애모불녕

謹以 淸酌庶羞 哀薦常事 尙 饗

근이 청작서수 애천상사 상 향

○○년 ○월 ○○일에 큰아들 ○○은 아버님께 아뢰옵니다.

세월이 흘러 어언 대상의 날이 되었사옵니다.

밤낮으로 슬피 사모하여 편하지 못해

삼가 맑은 술과 여러 음식으로 소상의 제를 올리니

흠향하시옵소서.

또 담제가 있습니다. 담재는 대상의 다음다음 달 하순 정일 (丁日)에 지내는 제사인데, 최근에는 소상, 대상, 담제를 동시에 지내기도 합니다. 담제와 소상, 대상을 동시에 치를 때는 아래와 같이 축문을 씁니다.

維歲次 (年干支) ○月 (月干支)朔 ○日 (日干支)

유세차 (연간지) ○월 (월간지)삭 ○일 (일간지)

孝子(이름) 敢昭告于

효자(이름) 감소고우

顯考學生府君

현고학생부군

日月不居 奄及忌日

일월불거 엄급대상

謹隨風潮 小大祥祭 于兼?祭

근수풍조 소대상제 우겸담제

同時竝行 禮不適序 哀慕不寧

동시병행 예불적서 애모불녕

謹以 淸酌庶羞 哀薦常事 尙 饗

근이 청작서수 애천상사 상 향

○○년 ○월 ○○일에 큰아들 ○○은 아버님께 아뢰옵니다.

세월은 머물지 않고 흘러 어언 기일이 왔습니다.

세상 풍습의 변화에 따라 소대상제와 담제를 동시에 병행합니다.

예에는 맞지 않으나 슬프고 사모하는 마음에 편할 날이 없습니다.

삼가 맑은 술과 여러 음식으로 제를 올리니 흠향하시옵소서.